O CASO SONDERBERG

Do Autor:

Uma Vontade Louca de Dançar

Elie Wiesel
Prêmio Nobel da Paz

O CASO SONDERBERG

romance

Tradução
Karina Jannini

BERTRAND BRASIL

Copyright © Éditions Grasset & Fasquelle, 2008

Título original: *Le cas Sonderberg*

Capa: Victor Burton
Foto de capa: Claire Artman/Corbis/Latinstock

Editoração: DFL

Texto revisado segundo o novo
Acordo Ortográfico da Língua Portuguesa

2010
Impresso no Brasil
Printed in Brazil

CIP-Brasil. Catalogação na fonte
Sindicato Nacional dos Editores de Livros, RJ

W647c	Wiesel, Elie, 1928-
	O caso Sonderberg: romance/Elie Wiesel; tradução Karina Jannini. — Rio de Janeiro: Bertrand Brasil, 2010. 208p.
	Tradução de: Le cas Sonderberg
	ISBN 978-85-286-1415-2
	1. Romance francês. I. Jannini, Karina. I. Título.
09-5948	CDD – 843
	CDU – 821.133.1-3

Todos os direitos reservados pela:
EDITORA BERTRAND BRASIL LTDA.
Rua Argentina, 171 – 2º andar – São Cristóvão
20921-380 – Rio de Janeiro – RJ
Tel.: (0xx21) 2585-2070 – Fax: (0xx21) 2585-2087

Não é permitida a reprodução total ou parcial desta obra, por quaisquer meios, sem a prévia autorização por escrito da Editora.

Atendimento e venda direta ao leitor:
mdireto@record.com.br ou (21) 2585-2002

Para Eliyahu-David e seus pais —
com carinho.

Devemos sofrer, depois sentir na nuca o sopro gelado da morte, para compreendermos por que acontece de, após a mais tenra infância, passearmos com uma espécie de onda na alma, próxima da melancolia?

Foi o que senti bem antes do julgamento.

E depois.

Foi o que experimentei no dia em que, com voz doce e lenta, como se estivesse falando com uma criança, o doutor Feldman me explicou que o corpo é capaz de se tornar nosso inimigo implacável.

No que se refere ao julgamento, por muito tempo estive convencido de que nunca conheceria a verdade sobre o que realmente se passara naquele dia, nas altas montanhas dos Adirondacks, entre aqueles dois homens.

Acidente? Suicídio? Homicídio? Podemos permitir que se leve para o túmulo um enigma que se recusa a entregar seu segredo?

Afinal, que diabos tinha levado Werner Sonderberg a interromper seus estudos na Universidade de Nova York para ir passear com seu velho tio calvo e desiludido tão longe do Village?, perguntava-se Yedidyah. O que haviam dito um ao outro para que sua discussão culminasse numa violência assassina? Quem era, afinal, esse tio, cuja morte trágica, longe de todos, fora pairar no pretório de Manhattan, repleto de jornalistas, advogados e curiosos durante horas e dias?

Faz tempo que os meios de comunicação de massa, monopolizados por uma atualidade cambiante, ou simplesmente cansados, já não falam desse julgamento. O destino de um indivíduo conta pouco em relação às agitações das estrelas políticas, financeiras ou artísticas. Mas Yedidyah pensa nele com frequência, talvez até demais; na verdade, continua obcecado por ele. As imagens antigas do julgamento não o abandonam; tampouco seus ecos. A sala iluminada, os jurados com expressão alternadamente impassível ou horrorizada, o juiz que parecia dormitar, sem perder, no entanto, uma palavra sequer do que se dizia, o promotor que se considerava o anjo justiceiro. E o réu, oscilando entre a provocação e o remorso, evitando o olhar triste de sua bela noiva. Às vezes, ao fazer o balanço do seu trabalho, com seus fracassos e suas interrupções, seus triunfos deslumbrantes e suas quedas lentas ou vertiginosas, é esse julgamento que emerge em Yedidyah como um granito preto atraindo o crepúsculo.

Anos se passaram desde então, mas Yedidyah ainda não consegue se pronunciar.

Onde começa a culpa de um homem, e onde ela termina? O que é definitivo, irrevogável?

Um pensamento não para de obcecá-lo desde que, graças ao diagnóstico do doutor Feldman, ele se conscientizou da sua mortalidade: é possível que eu vá embora, é justo que deixe meus filhos, sua mãe Alika e todo esse mundo convulsivo e condenado, sem ter *certeza*?

Vou me lembrar desse acontecimento até a minha última hora nesta terra que me gerou, carregando-me de uma descoberta a outra, de lembrança em lembrança, de uma emoção a outra, e nunca saberei a verdadeira razão.

Por que esse encontro, essa defrontação com um destino que tocou a superfície do meu, como fruto do acaso?

Eu poderia ter estudado outras coisas, me interessado por música, e não por teatro; poderia ter tido outros mestres, me arrebatado com outra mulher, não ter me apaixonado por Alika; poderia ter sido menos próximo de meu avô, de meu tio Meir, ter feito outros amigos, nutrido outras ambições; em suma: poderia ter nascido em outro lugar, talvez no mesmo país, na mesma cidade de Werner Sonderberg, ter explorado outras lembranças. Poderia ter passado a vida inteira sem saber a verdade a respeito das minhas próprias origens.

Poderia simplesmente não ser, ou já não ser. Ou não ser eu.

Eu estava no meu escritório escrevendo um artigo sobre a peça que acabava de abrir a temporada Off Broadway. Era *Édipo*, ou melhor, uma interpretação ultramoderna, contemporânea, malfeita (com falas demais?) da célebre peça.

Ao reler as notas que havia tomado durante a representação, perguntei-me se a obra sobreviveria. Como explicá-lo? Afinal de contas, das trezentas peças escritas pelos três gigantes da Antiguidade

— Ésquilo, Sófocles e Eurípedes —, apenas umas trinta não haviam desaparecido. Como explicar a escolha e a censura do tempo?

Teriam os deuses, conhecidos e temidos por seus caprichos, algo a dizer a esse respeito? Não haviam sofrido eles próprios a mesma provação? Alguns tinham voltado a ser populares, enquanto outros pareciam relegados ao que se chama de "lixeira" da História: e a justiça, onde ficava? E a memória coletiva da criação artística? Para um Prometeu ou um Sísifo, que perseguem os pesquisadores, quantos dos seus antigos iguais mal se moviam, cobertos de poeira?

Além do mais, nos dias de hoje, o que podia ter levado o produtor a montar um espetáculo certamente caro, que deveria ter ficado guardado na sua cabeça ou na gaveta?

Quando mencionei anteriormente meu "escritório", exagerei um pouco, até demais. Um canto perdido na sala de informações de um jornal nova-iorquino. Uma mesa modesta — um *desk* — e duas cadeiras alugadas por duas revistas europeias, das quais eu era o correspondente cultural nos Estados Unidos. Foi bem antes da invasão dos computadores. Tudo que vocês puderem imaginar, ao pensar naquele lugar dos infernos, estava lá, senão pelo fato de que o inferno, com seus nove círculos, certamente é mais organizado. Um barulho insuportável, toques ininterruptos de vinte telefones, chamados impacientes dos redatores, gritos de fotógrafos e contínuos, o tema quente da atualidade: a arrogância de um político, o fracasso do seu adversário, os amores revelados de uma atriz, as confissões de um assassino chamado de ideológico, o escândalo nas altas rodas ou nos *bas-fonds*. Um artigo estava longo demais, e outro, nem tanto. Manchetes e subtítulos disputavam o lugar de honra. Duas datas, dois fatos que não se harmonizavam. Um iniciante levava uma bronca; em prantos, desabava. Um veterano tentava tranquilizá-lo. Aquilo também ia passar; tudo passava. Em suma, não era fácil se concentrar. Sem falar daquilo que me preocupava de imediato: meu aniversário. Ah, eu sei: comparado aos acontecimentos que no dia seguinte iam receber manchetes importantes, meu problema pessoal era ridículo ou insignificante.

Mas o problema é que tenho horror a aniversários. Não ao dos outros, mas ao meu. Sobretudo a aniversários-surpresa. Detesto as surpresas programadas. Sou obrigado a fingir. A mentir. A cair na hipocrisia abjeta. A sorrir para todo mundo, a agradecer ao bom Deus por ter nascido. E aos homens por terem sido criados à Sua imagem, Ele, que supostamente tem tudo, menos uma imagem. Bom, voltemos ao caro Édipo, a seus complexos celebrados por Freud e a seus conflitos com o terrível Creonte. Heróis contemporâneos? Isso explicaria o fracasso da peça. Ela nos explica que o mundo muda, mas a natureza humana não? Bom, sabemos disso e nos acostumamos com isso. O gosto pela autoridade e pelo poder entre os gregos, a paixão pela liberdade dos seus filósofos. A escolha entre a obediência e a fidelidade. Em nossos dias também? Ideia que merece uma reflexão aprofundada. E uma concepção do espetáculo.

Foi nesse momento que a minha vida louca, como se diz, balançou.

Uma mulher se aproxima da minha mesa. Ela espera que eu a note. Que eu lhe pergunte se está procurando alguém e, em caso afirmativo, obviamente não sou eu.

Cerca de quarenta anos. Atraente. Cabelos escuros; olhos melancólicos; serena e segura de si.

— Me disseram que é o senhor — disse ela.
— Eu?
— É. O senhor.
— Mas já não faço parte da redação... Quero dizer, não exatamente.
— Eu sei.
— Sou apenas uma espécie de sublocatário.
— Também estou sabendo.
— Mas então...
— Antigamente o senhor era repórter.
— Era... Como a senhora sabe?

Ela sorriu:

— Foi o senhor quem cobriu o julgamento do...

— ... do Werner Sonderberg. E a senhora se lembra disso? Meus parabéns.

— Gostaria de falar com o senhor.

— Depois de tantos anos?

— O tempo não tem nada a ver com isso.

— Não estou entendendo...

— Sou a mulher de Werner.

De repente a reconheci. Eu a vira no tribunal durante o julgamento. A noiva misteriosa.

— ... Ele quer vê-lo.

— Aqui, agora?

O passado voltou à tona. Por um tempo depois do julgamento, fiz parte da verdadeira fraternidade jornalística, quero dizer, ativa, dinâmica e sobretudo romântica. Vinham me ver, me interrogar, me passar informações. Foi o período mais bonito da minha vida. O mais excitante.

Eu informava, explicava, comentava acontecimentos frívolos e históricos, falava de pessoas conhecidas a leitores desconhecidos. Eu me achava útil. Inevitável.

— Estamos aqui de visita. Werner faz questão de vê-lo.

O julgamento, me lembro dele. Normal. Foi o único a que assisti. O cenário solene. O juiz que encarnava um deus, mas com os olhos semiabertos. Os jurados anônimos: o destino com doze rostos. O duelo entre promotor e advogados. E o réu: vejo-o. Impassível. Provocação viva às ameaças de prisão.

Na verdade, descobri o jornalismo bem antes de fazer parte dele. Foi por intermédio do meu tio Meir, que, antes dos seus problemas na vista, o considerava a mais bela das profissões. Foi ele que revelou ao adolescente que eu era o mundo com mil rostos, refratado pelas informações e comentários impressos. Ele colocava o jornalista engajado no mesmo nível do escritor e do filósofo. Em sua juventude, na Universidade de Nova York, ele ia todos os dias ao bar da esquina ler os jornais da manhã diante de um café com leite. Quando não ia era porque estava doente ou se preparando para uma prova particularmente difícil. Nesse caso, guardava os recortes de jornais para mais tarde. "Está vendo", dizia-me com frequência, "você está sentado à sua mesa ou deitado em sua cama e se depara, sem se mexer, com o que está acontecendo nas regiões mais remotas: não é milagroso?" Ele tinha razão: já não era preciso se deslocar para se informar. O repórter serve de ouvido e de olhos. E, às vezes, de bússola.

O que tanto lhe interessava na imprensa? A atualidade fugaz, inapreensível? Os comentários políticos ou econômicos, muitas vezes superficiais em seu otimismo ou em seu ceticismo de boa qualidade? As páginas esportivas? As crônicas policiais, cuja ação é quase sempre a mesma, só que com outros nomes? O presente o entusiasmava: tratava-se de vivê-lo até a exaustão. E isso, confessou-me um dia, talvez rindo à socapa, "por razões puramente teológicas".

Quando Meir ficou quase cego na velhice, um de nós — eu, Alika ou um de nossos filhos — lia para ele poesia ou romances.

Meir não tinha filhos. Mais precisamente: não tinha mais. Apaixonado por sua esposa Drora, loira vigorosa e rebelde, ele dizia: "Meu filho é ela." E Drora dizia dele: "Meu louco é ele."

Por que ele tinha brigado com meu pai? Ambos não se viam mais. Teria sido por causa de Drora, daquilo que eu acreditava ser sua esterilidade? Ou do seu rompimento com a tradição familiar? Embora fossem menos religiosos que meus avós, teria sido essa uma razão para deixarem de se frequentar?

Certo dia, anos depois desse fato, toquei no assunto com minha mãe. Ela desconversou gentilmente: "Prefiro não falar nisso." "Mas por quê?" "Não me pergunte por quê." "É por minha causa? Porque tenho pais, enquanto eles não têm filhos? Por que as pessoas se referem a ele como a um recluso infeliz? Em que consiste sua vida?" "Cale-se", disse minha mãe, que empalidecera levemente. "Um dia você saberá." "Por quem?" "Talvez por ele mesmo..." Foi então que, pela primeira vez, senti que estava esbarrando em um segredo de família.

Quanto a meu pai, ele lia os jornais, mas com menos assiduidade. Meu avô, ainda menos. "Hoje a sensação é uma crônica policial", dizia ele enfatizando a primeira palavra. Para acrescentar logo em seguida: "Ontem, era um acontecimento importante." De fato, o passado lhe interessava mais do que o presente. Apenas as obras encadernadas o atraíam. De preferência, as páginas amareladas, cobertas pela poeira dos séculos.

Os bons livros o faziam pensar nos eleitos de Deus: ele quase lhes queria mal por terem permanecido célebres demais; teria preferido descobri-los e guardá-los só para si. Entre a informação e o conhecimento, dizia ele, privilegio o conhecimento. E este, não é nos jornais que o encontramos.

Meu avô adorava contemplar os mistérios da fugacidade do tempo e sua influência sobre a linguagem: o que parece atraente, fascinante e profundo amanhã não o será depois de amanhã. Todas essas pessoas supostamente poderosas e célebres, que, em todos os domínios, mostrando-se ávidas de glória e honras, hoje ocupam o primeiro lugar, muitas vezes, cedo ou tarde, serão esquecidas e até desprezadas. Sendo assim, de que serve a ambição?

Já minha mãe, claro, teria desejado que eu fosse advogado, ou melhor, um grande advogado. Na América, naturalmente, onde, para deixar minha mãe feliz, eu devia me tornar um expoente dos tribunais. Meu irmão mais velho, Itzhak, futuro homem de negócios, me predizia uma carreira de engenheiro, talvez porque, quando criança, eu passasse horas desmontando utensílios baratos e relógios caros, para grande incômodo de nossos pais.

Como, então, fui me tornar jornalista?

Essa é outra história.

O julgamento ao qual a moça aludia me marcou. Não seria o homem que sou, arrastando um cortejo de fantasmas atrás de si, se não tivesse assistido a suas deliberações com uma frustração mesclada de entusiasmo.

Na época, o jovem Werner, acusado de homicídio, com seu fardo de lembranças sangrentas, exercera sobre mim um fascínio cujos vestígios ainda não desapareceram. Chegaram até a afetar meu relacionamento com a minha própria família.

Meu pai — como seu próprio pai, mas em uma área diferente —, professor de literatura antiga em um colégio judaico de Manhattan, é um homem afável, sonhador, mais reservado. Gosta de contar histórias, mas não é de falar muito. Minha decepção? Ele nunca evocava as lembranças de seus pais em sua terra natal, nem suas próprias de filho de sobreviventes. Será que, ao menos, os conhecia? Quando, em sua presença, alguém mencionava a Shoah, que logo se tornava tema de conversa em roda de amigos, ele se fechava em um mutismo que ninguém ousava penetrar.

Seu defeito? Atraído pelo imaginário, acontecia-lhe de já não discernir o real do vivido. Ele se interrogava, interrogando sua imaginação com uma sinceridade próxima da dor: "E se eu estivesse entre os juízes de Sócrates, será que o teria condenado?" Ou então: "E se eu estivesse entre os colegas de Rabi Eliezer, filho de Hircano, adversário de Rabi Yehoshua, será que teria votado por seu exílio?" Ou ainda: "E se eu tivesse vivido na Espanha de Isabel, a Católica, teria escolhido a conversão, como Abraão Sênior, ou o exílio, como Dom Itzhak Abrabanel?" Isso o atormentava. Mas, pensando bem, seria realmente um defeito?

Será que ele se imaginava no lugar de seu pai, naquele tempo e naquele lugar malditos? Perguntar-se-ia como ele teria se comportado diante das provações cotidianas em seu país, quando bastava um capricho do assassino para que uma família ou uma comunidade desaparecesse da face da Terra?

Mais algumas palavras sobre meu avô que, por sua vez, vinha de lá. Ele também não era de falar muito. Talvez pelas mesmas razões; ou por outras. Pode ser que tenha falado delas por meio das suas leituras e dos seus comentários ligados a outras grandes catástrofes da história judaica antiga ou medieval.

Com o rosto marcado pelos anos, o olhar expressivo, ele era bonito, majestoso. Em sua presença, eu me sentia inteligente. Sedutor. E insubstituível. Sempre livre para minhas visitas inesperadas, ele nunca me dava a impressão constrangedora de que eu o estava incomodando.

Grande amante da literatura dos Apócrifos, como meu pai também viria a ser. Fora professor dessa matéria no Instituto de Estudos Judaicos, onde ensinara a intervalos e por um salário de miséria. Assumia o orçamento familiar trabalhando em uma modesta editora que publicava uma enciclopédia de biografias e citações judaicas. Além disso, dava aulas particulares de iídiche e de hebraico a candidatos à conversão. Curiosamente, todos os meses comprava bilhetes de loteria. Dizia: "Não sou fatalista como foi Ibn Ezra na Espanha. Ele estava tão convencido de que permaneceria pobre por toda a vida que dizia a si mesmo que, se tivesse sido vendedor de velas, o sol nunca se poria; que, se tivesse sido dono de funerária, ninguém morreria."

Eis por que comprava bilhetes de loteria: para provar sua teoria. Dedicava-se igualmente a toda sorte de jogo. Conseguia ganhar? O fato é que minha avó nunca se queixava de ter pouco dinheiro.

Era muito religioso? De estrita observância? Sim e não. Digamos tradicionalista. Por respeito a seus pais, a seus antepassados e sobretudo a Rabi Petahia, observava o shabbat, colocava os filactérios de manhã e estudava o Talmude, não porque visse nele um documento sagrado e, portanto, imutável, mas porque nele encontrava correspondências e referências para sua curiosidade relativa a essa ou àquela obra oficialmente marginalizada, para não dizer ocultada, que não tivera a oportunidade de ser incluída no Cânone.

Minha mãe, quando não está acompanhada: tímida, excessivamente prudente, ansiosa, muitas vezes sentada, imóvel, com um livro sobre os joelhos, deslocando-se sem mexer muito o quadril. Filha de pais nascidos em Nova York, não era traumatizada pela guerra. Dona de casa, cuidava do lar e sonhava em ter netos. Itzhak mal completara treze anos e ela já pegava em seu pé: "Então, querido, quando vai se casar?" Quanto a mim, ela me deixava em paz. Na verdade, acho que queria nos manter junto dela, meu irmão e eu, pelo maior tempo possível.

Foi meu avô que, talvez sem querer, me falou de teatro.

Era meu confidente desde a infância. Aos dez anos eu lhe contava meus sonhos, minhas dúvidas, minhas decepções. Às vezes, ele me perguntava o que eu ia querer ser quando crescesse. Minhas respostas nunca eram as mesmas. Um dia, jardineiro, no dia seguinte, marinheiro, matemático, paraquedista, ourives, músico, pintor, banqueiro, encantador de serpentes: a lista era inesgotável. Então, sorrindo por trás da barba, meu avô observava:

— Tem certeza de que quer ser tudo isso?
— Tenho — respondi ingenuamente. — É impossível?
— Não. Para uma criança da sua idade, tudo parece possível.
— Tudo? Ao mesmo tempo?
— Ao mesmo tempo, se...
— Se o quê?
— Se você aceitar um trabalho que contenha tudo isso.
— Qual?
— O de autor.
— O que é?
— É alguém que escreve. Alguém cuja vida é escrever. Então, o homem é um livro: todas as histórias podem se encontrar nele. É um mundo que existe na cabeça: todos os homens moram nela. São palavras que fazem cantar.
— E se esse homem não escrever? — pergunta o menino.

— Se não for sua vocação? Então, ele fala.
— E mesmo assim ele pode fazer tantas coisas?
— Pode. E muito mais.
— Como assim?
— Existe o palco — disse ele, que nunca pusera os pés num teatro e que, no entanto, o conhecia a fundo.

A palavra foi pronunciada e me transportou para a paisagem distante das ilusões vividas e partilhadas.

Não obstante, quando eu me lançava em meus estudos de arte dramática e lhe revelava minhas angústias e minhas alegrias ao aprender a interpretar Ésquilo ou Pirandello, Racine ou Tennessee Williams, ele nunca deixava de me prevenir contra toda esperança inconsiderada, mesmo nesse domínio. Mas eu só pensava na emoção que se sente no tablado:

— Vô, é uma experiência que apela para todos os sentidos do corpo, que, por sua vez, se entrega inteiramente a ela: a gente assiste a um espetáculo, ouve-o, absorve-o. Pintura, escultura, música e movimento se fundem diante dos nossos olhos. Imagine: todas as noites, em um palco tão estreito quanto um quarto de empregada, os atores participam da criação de um mundo com suas paixões, suas ambições, suas tristezas e seus instantes de luz...

— E depois, quando o espetáculo termina, o que eles fazem? — replicava meu avô. — Para onde vão? Para o restaurante? Para o café? Para repetir a mesma coisa, exatamente a mesma coisa no dia seguinte?

— Isso mesmo, vô. Esse é o aspecto milagroso do teatro. A própria repetição se torna criação.

Ele levou um tempo para refletir. Teria meu argumento o convencido? Considerava-se vencido? Modificou sua estratégia para dar conselhos que mais tarde seriam preciosos para mim:

— Seja como for, não se esqueça, meu filho, de que o teatro não é nada além ou diferente dele mesmo. Uma ilusão vivida no instante. Depois que as portas se fecham, outra vida recomeça onde você a deixou, outra verdade, talvez mais duradoura, e até irrevogável: o ator que morre no palco acabará por não se levantar novamente.

— Então vou precisar escolher entre as duas vidas, vô?

— Claro que não, filho. Você deve integrar uma na outra. O ator que hoje finge chorar amanhã vai gargalhar. Assim como a verdade do filósofo é posta à prova e forjada na dúvida, o ator encontra a sua na metamorfose. Está surpreso por eu usar essas palavras? Pois não deveria. Gosto de ler e gosto das palavras. Vejo algumas envelhecer, outras morrer jovens. Elas também, à sua maneira, fazem teatro.

Dizia-me igualmente:

— Não se esqueça também de que em nossa tradição o livro é mais importante do que o palco. Ele nos ensina que Deus é tanto Rei como Juiz: o homem é seu súdito, seu servidor e sua pedra angular, mas não é seu brinquedo. Para o judeu que vive em sua memória coletiva, o mundo não é um espetáculo. Conheci um tempo em que os seres cruéis arrogaram-se o poder de Deus e o perverteram com uma crueldade que não era fingida.

Como eu já disse, meu avô conhecera os campos de concentração. Minha avó também, em algum lugar da Hungria. Nunca falavam a respeito. Quando alguém se referia a esse assunto, minha avó empalidecia e cerrava os lábios. Conheceram-se no navio de refugiados que ia para a América.

Para mim, menino judeu-americano, desorientado e atrapalhado, a Hungria e a Romênia, a Polônia e a Áustria pertenciam a uma mitologia distante, obscura.

Apesar de minha timidez e de minhas crises de tristeza que preocupavam meus pais, eu era uma criança feliz. Gostava de fazer as refeições com eles, fazia meus deveres com cuidado, ria quando ouvia uma história engraçada — em suma, eu estava bem com a vida que tinha.

À distância, percebo que, no que diz respeito à minha vocação, minha mãe não estava totalmente errada. Alguns anos de estudos em direito me teriam ajudado em meu trabalho de jornalista.

Especialmente quando "cobri" o julgamento que, mesmo em grau menor, marcaria meu destino como o do jovem Werner Sonderberg, sobrinho por parte de pai de Hans Dunkelman. Eu sei: esses nomes diferentes intrigam vocês. Por que o sobrinho decidiu mudar seu sobrenome? A resposta poderá perturbá-los ainda mais: tenham paciência. Ainda não chegamos lá.

Itzhak logo fez a alegria da minha mãe: mal terminara seus estudos na universidade, casou-se com uma condiscípula. Orli, a moça mais bonita da sua turma. Sorridente, rosto gracioso, corpo cheio de curvas. Seu pai, agente de câmbio em Wall Street e praticante de um judaísmo bastante ortodoxo, impôs duas condições para a união de ambos: o casamento seria celebrado segundo a tradição hassídica e seu genro trabalharia com ele.

No dia do matrimônio, centenas de convidados se reuniram nos salões de um grande hotel. Três rabinos oficiaram a cerimônia. Dezenas de alunos da yeshiva*, que a família subvencionava, cantaram e dançaram em homenagem ao jovem casal. Até mesmo o noivo e sua amada, carregados

---
* Escola, em hebraico. (N. T.)

nos ombros dos dançarinos ao som de duas orquestras, bastou para me encher de uma alegria que, no entanto, se misturava a uma vaga melancolia quando vi meu avô chorar sob a hupah*: meu coração ficou apertado sem que eu compreendesse por quê. Minha avó também chorava, mas sem lágrimas. Ouvia-a cochichar no ouvido do meu avô: "Acha que eles estão nos vendo?" Quem seriam "eles"? Alguns membros da família que tinham ficado na Europa. Desaparecidos na tormenta.

Itzhak e Orli têm quatro filhos, duas meninas e dois meninos.

Em uma noite de festa, quando toda a família estava reunida em torno da mesa, ouvi minha mãe murmurar a meu pai:

— Olhe só, apesar de tudo, vencemos Hitler. Nossa felicidade é seu inferno.

E, mais uma vez, vi que meu avô tinha lágrimas nos olhos, ele que sabia tão bem esconder seus sentimentos. Parecia estar em outro lugar, muito distante, talvez perdido no passado.

Contou-nos que seu antepassado, Rabi Petahia, nascera nos Cárpatos, próximo da aldeia onde o grande Rabi Israel Baal Shem Tov passeava sozinho, pensando nos mistérios da Criação. Atribuíam-lhe

---

* Pálio sob o qual é realizada a cerimônia de casamento. (N. T.)

dons singulares: graças a sutis combinações de letras que compunham orações místicas e nomes de anjos que circundavam o Criador, ele podia, segundo se dizia, mudar o destino dos indivíduos.

Um dia, quando ainda era jovem, Rabi Petahia foi abordado por uma mulher em prantos. Havia dois dias e duas noites ela errava pela estrada, procurando por ajuda. Seu marido estava doente; ia morrer. E deixá-la com seus seis filhos pequenos. Tinham fome. Ninguém no mundo estava disposto a ajudá-la. "Tenha piedade de nós", lamentou-se a mulher. "Salve meus filhos. O senhor, Rabi, que faz tantas coisas, faça com que meu marido viva." E Rabi Petahia, com lágrimas nos olhos, não pôde ignorar sua súplica. Mas, do céu, o preveniram: é proibido ao homem mudar as leis da natureza, criada e desejada pelo Senhor. Rabi Petahia não ouviu a voz celeste. "Estou pronto a aceitar meu castigo, contanto que o doente não seja chamado ao mundo da verdade e continue entre os seus. Dizem-me que o milagre se fará em meu detrimento, e respondo: Amém, que assim seja." E disse à mulher: "Volte para casa, seu marido está cercado por seus filhos; eles a esperam com alegria." Naturalmente, foi privado dos seus poderes. Durante um mês. E, para infelicidade dos homens, tomou a decisão de não mais opor-se à vontade do céu.

Algumas semanas mais tarde, casou-se.

Quanto a mim, esperei muito tempo para me casar. Medo da vida, de não poder prover às necessidades de uma família? No entanto, eu esperava unir-me a uma mulher bonita e inteligente. E Alika possuía esses atributos, talvez essas virtudes. Mas, por razões que me fogem, eu não estava pronto.

Foi ela que insistiu para que eu pusesse fim a meu celibato. Depois de três anos de vida comum, decretou que era hora de se tornar, como dizia, "uma mulher honesta".

Conhecemo-nos na universidade, onde estudávamos arte dramática. Nenhuma outra área me atraía. As ciências? Inconcebível. A aritmética sempre representou para mim um mistério aterrorizante. A teologia? Minhas relações com Deus deixavam a desejar. Mas por que não a geografia, a economia, a antropologia, a arquitetura ou a psicologia? Por que o teatro? Seria porque ele ocupa um lugar menos importante, para não dizer inexistente, na tradição judaica? Todavia, esta esconde mil exemplos de eloquência. Jeremias, Isaías, Amós: profetas de verbo acalorado. Rabi Akiba, Rabi Ishmael, Rabi Yohanan ben Zakkai: mestres da linguagem. Rashi e seus comentários, Maimônides e sua filosofia, Nahmanides e suas discussões. Segundo o Gaon* Eliyahu de Vilna, "o objetivo da redenção é a redenção da Verdade". Intérpretes, visionários, precursores. Todos eruditos em busca de sentido. Só que, para eles, o mundo não é um palco, nem a vida é uma performance. Sério demais seu universo? Sem humor nem imaginação? Incapaz de suscitar o riso e nutrir o imaginário?

Talvez eu simplesmente tenha desejado seguir o conselho do meu avô? Muitas vezes eu me lembrava da conversa que tivéramos no passado. A vida, uma sequência de papéis? Uma série de esboços? Um caleidoscópio? Meu professor na faculdade acreditava nisso. Para ele, o teatro, como a escrita, era uma vocação, uma iniciação. Ele nos fazia ler — e nisso se parecia com meu avô —, ler e reler tudo que lhe passava pela cabeça. As regras do teatro, de Aristóteles; *O nascimento da tragédia*, de

---
*Título atribuído a eruditos e líderes espirituais judaicos. (N.T.)

Nietzsche; Eurípides, Ionesco, a Bíblia e os Vedas. Tratados de psicologia e de teologia. Strindberg, Anski, Goethe, Pirandello, Shaw, Beckett: eu os devorava, e eles me devoravam. Devíamos estudar os métodos de Stanislavski, Vachtangov, Jouvet e do Actors Studio. Ele admirava Meyerhold não por suas teorias, mas por seu destino: fuzilado em 1937 por ordem pessoal de Stalin. Atento a cada palavra, vigiando cada movimento dos braços e dos lábios, eu não parava de me perguntar: como fazer para transformar o simulacro da representação em verdade vivida? Como o ator faz para que, durante duas horas, mil espectadores acreditem que ele é outro? Ele recita palavras que lhe foram emprestadas e delas se apropria como se viessem do seu cérebro, do seu coração, e elas me emocionam como se eu assistisse à sua eclosão. Vivi de maneira bastante intensa esse milagre da metamorfose inerente à arte para consagrar-lhe meus sonhos, minhas ambições, minhas fugas, minhas necessidades — em suma: meus anos de juventude.

Um dia, o professor nos surpreendeu ao citar Santo Agostinho: "Deus está próximo daqueles que fogem dele, e foge daqueles que o buscam." E acrescentou este comentário: "Isso também vale um pouco para o ator. Estou próximo e distante ao mesmo tempo. Pode-se tocar meu corpo, mas permaneço mentalmente inacessível: o espectador me vê, mas não pode penetrar meu pensamento. O corpo está presente, a alma também, mas de modo diferente. Interpretar é um pouco tornar visível o invisível, mas por um instante apenas. Eis a grandeza e a armadilha para o ator. Se eu quiser me destacar demais, me sairei mal; se me identificar demais com o personagem, ocorrerá o mesmo. No palco, às vezes o esquecimento de si é necessário para a aquisição de outro eu. Mas geralmente um e outro brigam, se reconciliam, partilham o pão cotidiano; e isso se torna uma obra de arte."

Desde o primeiro dia, Alika e eu não formamos um casal, mas uma dupla. Foi o nosso professor, um baixinho barbudo, de voz trêmula e astuta, rosto marcado por um espanto eterno e talvez pelo escárnio de si mesmo, típico dos céticos, que assim desejou. Ele ainda não sabia os nossos nomes, conhecia apenas os nossos rostos, e apontou para nós com o dedo: "Você e você vão ler para nós a página 12 da peça..." A partir de então, passei a chamá-la de "você", e ela fez o mesmo comigo.

Ah, o bom professor de barba cerrada e olhar esquadrinhador. Cada palavra sua contava. Seu peso pesava em meu comportamento, em minhas decisões também.

Lembro-me de nossas primeiras sessões. Fervor, desejo febril de aprender, exaltação: palavras simples tornavam-se ricas e sagradas; gestos anódinos assumiam um sentido que os sublimava. Cada dia trazia uma revelação sobre a natureza humana, sua fealdade, a descoberta dos caprichos do destino e dos homens.

— O teatro não é uma profissão — dizia nosso professor com ar solene e grave. — Lembrem-se: é uma vocação, uma missão. Uma *iniciação*. Melhor: uma ascese... Quando você interpreta Otelo, ou você interpreta Fedra, não estão sendo heróis de operetas, mas príncipes, deuses; esperam dos espectadores que se prosternem diante de vocês para receber de seus lábios, senão de suas mãos, não o castigo da terra, mas uma oferenda de fogo...

Com voz calma e firme, ele insistia para que cada um de nós levasse em conta sua própria morfologia e descobrisse como extrair dela a essência do verbo e a magia do gesto. Mas, antes de tudo, era um guia espiritual; a matéria que tentava moldar era a nossa alma. Ensinava-nos a ler um texto em sua profundidade, depois a assimilá-lo, a saboreá-lo antes de fazer dele um verdadeiro canto, aquele que gerações de guias e alunos nos haviam transmitido.

Em um de nossos primeiros cursos, com um vislumbre facecioso no olhar, manteve-nos de pé e em silêncio por uma hora, para nos ensinar como enfatizar a presença na ausência e o movimento na imobilidade:

— Como encarnar o medo? — observou. — Tremendo? Não: rindo, dançando de certa maneira. Eu diria quase sentindo uma grande felicidade. Medo oculto mas que invade, recalcado mas envolvente: eis o que vão mostrar ao público. Tudo em vocês tem medo: o pensamento tem medo de ser lento ou rápido demais, visível demais ou não o suficiente, sua alma tem medo de se considerar livre demais ou não exatamente prisioneira. Nesse momento, no palco, vocês são o medo.

Em outra ocasião:

— No palco, é preciso saber rir e chorar como se fosse a primeira vez. Pensem na loucura de Nietzsche, que celebra a virtude do riso. E em Dante, que se compadece dos condenados do nono círculo por eles serem incapazes de chorar. E, principalmente, pensem em Virgílio, que declara ser feliz aquele que sabe penetrar as causas secretas das coisas. De todos os três, o ator tem muito a aprender.

E ainda:

— Em seu rigor, bem como em sua vulnerabilidade, o ator evolui em seu papel provisório, que o desafia e o oprime antes de libertá-lo. Certamente ele conhece seu texto desde o princípio, assim como conhece as réplicas do seu parceiro, nada é improvisado; no entanto, suas palavras e seus movimentos devem não *parecer*, mas *ser* espontâneos.

Fascinados, os alunos o ouviam prendendo a respiração. Ele continuou com sua voz profunda, carregada de uma suspeita de melancolia irônica:

— Vocês não ficarão surpresos ao me ouvir declarar que, para os homens, muitas vezes a vida é um jogo: príncipes ou mendigos, ricos ou pobres, eruditos ou ignorantes, todos têm uma coisa em comum: fingem mais ou menos a sinceridade. E, dentre eles, obviamente, é o ator que prefiro... Ele ficará sozinho quando chegar o dia em que tiver de deixar o palco. Na política como nos negócios, nada é mais desolador do que a visão de um velho que se recusa a abandonar os privilégios da sua situação... Para o ator, não é o que acontece: mesmo idoso, ele terá um papel a representar, o do velho. Mas quer ele seja jovem, quer não, a arte de deixar o palco, quando chega a hora, é a mais difícil de adquirir: chegar é simples, partir, não. Aqui vocês vão aprender isso.

Murmúrio de Alika em aparte: "Que fique registrado, hein? Se um de nós decidir romper, terá de fazê-lo com a delicadeza da arte."

Nascida na Califórnia, filha única, Alika vinha de uma família abastada e liberal, laica, para não dizer ateia. Convidada por minha mãe, foi em nossa casa que ela participou da sua primeira refeição de shabbat. E, se começou a jejuar no Kipur, foi para me agradar. Durante semanas nos encontramos no curso e, às vezes, para os ensaios em seu apartamento no Village ou no meu, que não ficava longe. Camaradagem confortável, encontros banais entre estudantes, relações desprovidas de qualquer contato físico. Aliás, ela não hesitara em me prevenir: "Conheci outros homens antes de você, mais velhos e mais jovens; portanto, nem pense em se apaixonar; isso poderia estragar nosso relacionamento." Eu lhe prometi. Com muita facilidade, pois, ao sair de uma triste aventura, eu não estava a fim de me lançar em uma nova relação.

Hoje, penso nisso achando graça: nosso professor achava útil e necessário nos ensinar como fazer rir e como fazer sonhar, o que é mais complicado por ser mais sutil. Como olhar em silêncio e fazer com que esse silêncio faça parte do espetáculo. Como nos abraçar e até nos beijar. Nosso primeiro beijo foi dirigido, sem nenhuma espontaneidade. Já não lembro se gostei dele. Mas tomei gosto pela coisa. Mais tarde.

E, uma noite, aconteceu.

Aconteceu graças a Sharon, prima de Alika. Ela estava fazendo um trabalho para um filme em Hollywood e tinha vindo passar alguns dias em

Nova York. Jantamos os três no Village, num pequeno restaurante frequentado por estudantes. Longa discussão sobre o último romance de sucesso, que rendera um filme. Alika era contra o princípio, Sharon, a favor. Eu também era contra, mas defendi o ponto de vista de sua prima. Eu gostava do seu arrebatamento, do seu entusiasmo. Ao final da refeição tempestuosa, a moça se declarou cansada e quis voltar para o hotel.

Como ficava no meu caminho, ofereci-me para acompanhá-la. Alika se opôs: tínhamos trabalho para o nosso curso no dia seguinte. Acho que sobre o tema do cego no teatro e da transposição moderna de seus pesadelos. Com o texto em mãos, retomamos nossos papéis. De repente, ela se interrompeu e me encarou por um bom tempo. Era ciumenta? Em todo caso, sua perturbação aumentava seu charme. Ainda hoje não sei se fui eu que a atraí de repente ou se foi ela que teve medo de que eu a deixasse.

A sequência, como se diz, é uma encenação imaginada nos céus.

O Talmude diz que, uma vez terminada a criação, Deus, repentinamente desempregado, ocupa-se de arrumar casamentos. Às vezes, mas nem sempre, é um amor à primeira vista. Outras, o processo pode durar anos. Yedidyah se questiona sobre o método do casamenteiro celeste: segundo quais critérios ele faz suas escolhas? E pelos divórcios, quem é responsável?

E os crimes dos homens?

Será que Hans, o tio de Werner, acreditava em Deus? E o próprio Werner? No julgamento, fizeram-lhe inúmeras perguntas, mas não essa. Que pena.

Exame médico anual. O doutor Feldman não abre a boca do começo ao fim. Deixa o corpo exprimir-se à sua maneira. Sua linguagem lhe é mais familiar. Com as mãos, recebe seus sinais. Se sorri, é bom. Se permanece impassível, é porque alguma coisa o incomoda.

Hoje, não está sorrindo.

Quer saber se durmo bem; não, durmo mal. Desde sempre. Faço exercícios todas as manhãs? Não. Nunca. Não tenho tempo nem paciência.

— Pois bem, tudo isso vai mudar — diz-me. — Vou lhe prescrever um regime. Trate de fazê-lo.

Digo-lhe que não me sinto doente, mas que, se ele insistir, posso interpretar "o doente imaginário".

— Não tem graça — responde.

Yedidyah e seu tio Meir eram muito próximos. Quando criança, gostava de jogar xadrez com ele, receber seus conselhos e ouvir suas histórias de anjos decaídos e demônios risonhos.

Meir e seu irmão tinham escapado dos horrores da grande tormenta. O avô de Yedidyah, em sua sabedoria premonitória, mandara-os a um parente distante no Brooklyn, apresentando-os como estudantes em uma yeshiva. "Antes de enfrentar seu irmão e inimigo Esaú", dizia-lhes, "o patriarca Jacó separou os seus em dois campos. Se um tivesse de perecer, o outro sobreviveria. Só para o caso de..." Evidentemente, ele tinha razão. Mas será que os dois irmãos se sentiam culpados por terem "abandonado" ou "traído" seus pais ao lhes obedecer? Em caso afirmativo, nunca o demonstraram.

Meir era louco por sua mulher. Aliás, ela o chamava de "meu loucão", de manhã, e de "meu louquinho", à noite. Eis a razão para o apelido que lhe deram na família: "Meir, o louquinho". Alguns sustentavam que ele era capaz, quando bem entendia, de não enxergar a realidade para descobrir melhor mundos invisíveis: sua cegueira e sua clarividência caminhavam juntas. Mas ele não era totalmente louco. Nem realmente cego. O pequeno Yedidyah tinha mil e uma provas disso.

Certamente, possuía uma imaginação fértil e inflamada: via certas coisas melhor e mais longe do que qualquer outra pessoa. Mas seria isso loucura? Não seria, antes, um poder que os grandes Sábios reivindicam e pelos quais se glorificam? Ocorria-lhe de abolir o tempo: passado e futuro tinham para ele a mesma importância, e ele passava de um a outro com uma facilidade desconcertante. É que ele gostava de surpreender.

Um dia, passeando com Yedidyah pela rua — às vezes ia buscá-lo na escola —, apontou-lhe um passante apressado:

— Observe-o bem, sobrinho. Ele não sabe aonde está indo, mas corre. Eu sei. Basta-me ver seu rosto para saber tudo da sua vida. Quer que eu lhe conte? Sua mulher não o ama; ele está sempre desconfiando de que ela o trai. Tem dois filhos que brigam por qualquer coisinha. Um vizinho que o detesta. Sofre de insônia. Conheceu uma grande tragédia na vida: seu primeiro filho, uma menina, nasceu deficiente. Desde então, passa o dia se condenando.

— Podemos ajudá-lo?
— Sim. Você poderia.
— Como?

— Você poderia cantar para ele uma canção. Vá, corra, alcance-o. Você vai mudar a estrela que governa sua vida.

Yedidyah procurou o passante com o olhar. Tarde demais. Ele tinha desaparecido. E Meir comentou:

— Eis a infelicidade. Nunca fazemos as coisas a tempo.

Palavras de um louco? Antes, de um sábio.

Outra vez, Meir viu uma senhora chorando:

— Ela perdeu a bolsa. Todos os seus documentos estão nela. E tudo que lhe resta de dinheiro: tinha acabado de sacá-lo do banco. Mas não se preocupe, vou ajudá-la. Ela vai recuperar tudo. E, então, vai rir. Depois vai chorar. De felicidade.

— Como vai fazer isso?

— Vamos fazê-lo juntos.

E, o que é incrível, uma hora mais tarde Yedidyah reviu a senhora.

Ela ria.

Yedidyah acabou por lhe perguntar sem rodeios:

— Diga uma coisa, Meir. Dizem que você ficou cego, mas sei muito bem que cego você não é. Dizem também que você é louco. É verdade?

— É, sobrinho. Sou louco, um louco cego, cegado por sua loucura, cegado pela luz sombria e densa que envolve o mundo em que somos condenados a viver. E essa luz age sobre a minha razão a ponto de diverti-la, de perturbá-la, de dirigi-la contra ela mesma, contra sua fonte. Entende o que digo?

— Não, Meir. Não entendo.

— Muito bem. Ótimo. Você poderia ter mentido. Para me agradar. Preferiu dizer a verdade. Atenção: um dia, você também corre o risco de ser chamado de louco.

Com o passar dos anos, ele deixou de se interessar pelos jornais. Nem pedia mais a Drora ou a Yedidyah, quando este ia visitá-lo, que os lessem para ele. Dizia:

— Para quê? Sei o que há neles. As situações e os acontecimentos são sempre os mesmos; só mudam os nomes. Então, por que não folhear uma lista telefônica?

Contou como tinha conhecido Drora. Em um museu em Paris. Admiraram o mesmo quadro de Rembrandt: Abraão e o sacrifício de Isaac, que acabou não se realizando. Ela era oriental, ao mesmo tempo severa e sonhadora. Saíram juntos e, sem uma palavra, foram sentar-se no terraço de um café. Ela lhe pediu que contasse uma história. Ele inventou mais de uma; mas falou de outro modo a Yedidyah:

— Foi durante a Ocupação. Um rapaz e uma moça. Corajosos. A missão de ambos: seguir um traidor, "alojá-lo". Viram-no entrar em casa à noite, uma noite de verão. Foram para a casa dela. Amaram-se e foram felizes por muito tempo, um bom tempo: toda uma noite. Um fragmento de eternidade. Para os outros, a eternidade é o que sucede à morte; para os amantes, é o que a precede.

— Quem era? Drora?

Ele sorriu, mas não respondeu.

Yedidyah o amava.

E amava que o amassem.

Amo as crianças. E, naturalmente, meus gêmeos são o que mais amo no mundo. Inteligentes, respeitadores dos outros, encarnam a alegria das surpresas constantemente renovadas. Olhá-los e ouvi-los bastam para eu agradecer a Deus a invenção da vida e da felicidade da família. Graças a eles, mais de uma vez, Alika e eu nos reaproximamos após uma briga, grande ou pequena.

Leibele e Dovid'l: mesmo rosto fino, mesmos olhos castanhos, mesmo olhar penetrante e pacífico, mesma voz rouca. E, exceto por algumas nuanças, mesmo caráter e mesmo gosto pela música medieval. Sempre foram muito ligados, embora cada um tenha seu próprio temperamento. Pragmático, Leibele estudou arquitetura, enquanto

Dovid'l escolheu filosofia das ciências. O primeiro sempre buscou a companhia das pessoas, quando o segundo fugia dela, abrigando-se em seus livros.

    O drama surgiu quando se apaixonaram pela mesma mulher, uma bela morena cheia de talento, humor e surpresas. Quando ela partilhava de nossas refeições, a sala de jantar irradiava calor e ânimo. A sequência? Era de esperar: cada um poupou a sensibilidade do outro, e os dois irmãos romperam com ela ao mesmo tempo. Conseguiram superar juntos todo sentimento de culpa, mas Dovid'l partiu para Israel para terminar seus estudos. Lá, foi ferido em um atentado a bomba. Imediatamente, Leibele decidiu partir para ficar à sua cabeceira. Algumas semanas mais tarde, Dovid'l enviou aos pais uma carta tranquilizadora do hospital Tel Hashomer.

    Caros pais,
    sei que estão preocupados comigo; entendo vocês. Eu também ficaria em seu lugar, mas estou melhor. Médicos magníficos estão cuidando de mim. As enfermeiras são afáveis e bonitas. Quando Eve sorri para mim, nem sinto a dor da injeção. Por pouco eu bem que pediria para tomar outra. Se continuar assim, vou acabar me apaixonando por ela.
    Meu acidente? Leibele deve ter contado tudo a vocês. Eu estava passeando pelas ruelas de Jerusalém, perto do mercado

principal. Gosto do seu vozerio e dos seus odores. Do seu empurra-empurra. Das crianças correndo de uma banca a outra, tentando surrupiar uma bala ou uma fruta, enquanto os vendedores se divertem e os deixam fazer. Dos talmudistas discutindo o curso matutino, das donas de casa com suas sacolas de provisões. Tudo fervilha, se agita. Aqui, a vida é simples.

E, de repente, tudo desapareceu na explosão. Só me lembro de que caí. Acordei no hospital. O que tinha acontecido? Um terrorista acabara de realizar sua missão-suicida. Cinco mortos. Dezesseis feridos. Entre os quais, eu. Estilhaços na barriga e na perna direita. Operação bem-sucedida. Algumas semanas de internação. Tudo vai dar certo. Depois.

Como sempre, o atentado provocou cólera e frustração no país. Como justificar esse culto da morte ao qual aderem tantos jovens palestinos? Os médicos legistas encarregados da autópsia do terrorista constataram que ele sorria no momento em que destravou o mecanismo destruidor. Sim, seu rosto não refletia ódio nem terror, mas uma espécie de antecipação; ele acolhia a morte, a sua e a de suas vítimas, com o sorriso.

Não entendo isso.

Leibele, que vem me ver todos os dias, é da opinião de que lhe encheram a cabeça com a lenda das setenta virgens que o Alcorão lhe teria prometido lá em cima. Ingenuidade? Fanatismo? Não vamos julgar a religião, mas temos o direito de condenar aqueles que a pervertem para fins políticos.

Disseram-me que duas horas depois da explosão o mercado havia retomado sua atividade habitual. Nas escolas vizinhas, os alunos já estavam sentados e ouviam seus professores.

O mercado... Tenho pressa em voltar lá. Com um pouco de sorte, vou conseguir convencer Eve de me acompanhar.

Seu Dovid'l, que ama vocês.

P. S. Mãe, uma sugestão: seria preciso fazer um filme sobre esses jovens assassinos que pensam agradar a Deus matando Seus filhos. Quanto a você, pai: que tal vir a Jerusalém fazer uma reportagem para seu jornal?

Ir encontrar os gêmeos que lhe fazem falta mais do que tudo no mundo? Yedidyah estava pensando nisso quando Leibele anunciou aos pais que ia renunciar a terminar os estudos para se alistar no exército israelense. Integrou rapidamente um comando, enchendo os pais de orgulho misturado a temor.

Algum tempo mais tarde, um jornal hebraico consagrou-lhe um artigo elogioso. A manchete: "Honrado seja Leibele! Bravo!" Ele comandava uma operação em Gaza; tratava-se de trazer vivo um chefe terrorista, responsável por vários atentados em Tel-Aviv. Sucesso espetacular. Sem perda de vida humana. "Está vendo?", disse Yedidyah a Alika. "O teatro não é a única razão para viver." "Você tem razão", respondeu ela. "A imprensa fala de 'teatro de operações', mas a guerra não é teatro. Nesse palco, os mortos não voltam a se levantar." Yedidyah fez um gesto de desânimo: "Infelizmente, entre aqueles que declaram as guerras, certamente há, aqui como em qualquer lugar, aqueles para quem se trata de um jogo dirigido por fiéis distantes que pretendem agir em nome de seu Deus."

Uma observação do seu filho o encheu de emoção e o convenceu a passar aquela temporada em Israel: "Não se dirá", acabava de escrever-lhe Leibele, "que o descendente do grande Rabi Petahia não foi se juntar a seu povo quando este estava em perigo."

E Yedidyah disse a si mesmo que, de fato, a História não era um jogo.

Mesmo assim. Perguntava-se de que maneira se podia explicar tanto sofrimento neste mundo que a máscara do ódio recobre, como uma mortalha, como que para nele apagar as últimas centelhas de sensibilidade e de esperança? De que modo agir para que esse sofrimento consiga transcender a História humanizando-a?

Ao evocar o passado, seu avô lhe dissera um dia:

— Muitas vezes ouvimos as pessoas declarar, em relação a este ou àquele acontecimento, que a História fará seu julgamento. Na verdade, a própria História será julgada.

— Em outras palavras — observou Yedidyah —, a Criação seria apenas um grande e longo processo?

— Sim, podemos dizer assim.
— E como fica Deus nisso, vô? — perguntou Yedidyah.
O avô não respondeu.

Sempre que Yedidyah ouve a palavra "processo", é o de Kafka que inevitavelmente lhe vem à cabeça: "Alguém deve ter falado mal de Joseph K..."
Falaram mal, muito mal, do jovem alemão Werner Sonderberg. Como ele fez para aguentar? Diante do imenso e onipotente aparelho judiciário, ele permaneceu impassível, com que imunizado em seu isolamento. Yedidyah descreveu o personagem, mas sem compreendê-lo realmente. Inúmeros acontecimentos preencheram desde então sua memória, alguns se referiam à situação geral, outros, à sua vida privada, mas o julgamento, o único ao qual ele já assistira, distanciou-se sem se dissipar. Tinha mudado de marcha, de trajetória? Tinha adivinhado, no comportamento do acusado, alguma coisa que influenciasse sua concepção da justiça, para não dizer do bem e do mal? Se tinha mudado, em que momento? E que papel Alika havia desempenhado em tudo isso? Tinha se reaproximado ou se afastado dela?

Um incidente que poderia ter se transformado em um desastre.

Alika fazia um papel em *As três irmãs*, de Tchekov.

— Me faça um favor — disse a Yedidyah. — Não venha ver a peça.

Medo de envergonhá-lo? Ele foi mesmo assim. Em segredo. Com o coração apertado, esperou no escuro que as cortinas se levantassem para infiltrar-se na sala silenciosa. Sentou-se numa poltrona na penúltima fileira. Alika vive para o teatro; sonha em subir no palco. Será que vai aceitar a aposta? Será que o calafrio vai passar pelo público, tenso por sua busca do belo e do verdadeiro, do antigo que se tornou novo, que oscila entre o conhecido e o desconhecido? Será que ela vai fazer uma boa interpretação? E, se não, como contar a ela sem feri-la nem colocar o amor deles em perigo? Ela estava interpretando bem, muito bem até. Mas não o papel certo. Em vez de interpretar o de Macha, a esposa azarada e infeliz, tinha escolhido o de Irina, a mais jovem, nervosa, agitada, estouvada. Alika encarnava mal um personagem que não combinava com ela.

Ficaria sabendo que ele lhe desobedecera? O tema permaneceu um tabu.

O doutor Feldman e eu nos vemos com frequência. Nesta manhã, ele me faz abrir a boca e examina minha língua:

— Não estou gostando — diz.

— Sinto muito, doutor, mas não tenho outra.

Ele não aprecia meu humor.

Na verdade, nada em mim agrada a esse bom médico. E o coração, menos do que o resto. Acha que respiro mal. Que me canso rápido demais. Quer saber se, por acaso, meus pais seriam cardíacos. Não, não que eu saiba. Alguém em minha família, talvez? Ninguém.

— Seja como for, é bom ficar atento — insiste o doutor.

Segundo ele, é imperativo que eu trate meu corpo como amigo. Do contrário, ele pode virar meu inimigo. E, então, o médico ficará bastante aborrecido, e eu, mais ainda.

Israel: eu não esperava me encontrar ali com tanta emoção. Revi meus dois filhos e chorei: meu coração transbordava de orgulho. Passamos uma semana juntos. Agradecia aos céus cada hora, cada respiração e cada olhar. Repentinamente sentimental, surpreendo-me empregando termos religiosos: aquilo que o Besht* e o Gaon de Vilna, bem como os Rabis de Berditchev e de Wiznitz, no exílio, viram apenas em sonho, desfrutei na realidade.

Jerusalém: quando comecei a subir suas colinas, monumentos de vegetação que se lançam na direção de um céu azul, meu coração se pôs a palpitar, e quase me esqueci de respirar. É o que meus ante-

---

* Rabi Israel Báal Shem Tov, fundador do chassidismo. (N. T.)

passados distantes devem ter sentido quando faziam, três vezes por ano, sua peregrinação ao Templo. Dizem, no Talmude, que podiam chegar a um milhão, e que ninguém se queixava da falta de lugar ou de conforto. Meu avô acreditava nisso. Teria havido jornalistas naquele tempo?

Essa viagem ainda deixa uma marca. Incomparável como é a Cidade de Davi. Onde quer que eu caminhe, dizia Rabi Nahman de Bratislava, cada passo me aproxima de Jerusalém, a cidade que, mais do que qualquer outra, em uma história ininterruptamente conturbada, encarna o que há de eterno na memória do meu povo.

Após o julgamento de Sonderberg e seu desfecho inesperado, meu chefe e amigo Paul me nomeou, a pedido meu, enviado especial em Israel por pouquíssimo tempo. Necessidade de mudar de ares? A escolha foi a Europa ou Israel. Como outrora para o teatro e o jornalismo, foi meu avô que me sugeriu a Cidade Santa:

— Vá para lá como meu embaixador — recomendou-me. — Como meu representante pessoal e familiar. Lembre-se bem. Como meu pai e o dele, vivo com o sentimento de ter vivido em Jerusalém, faço questão de voltar lá com você, através de você; rezei diante do Muro, desejo revê-lo por seus olhos. É através de você que voltarei a mergulhar em suas lembranças. Não se esqueça: é preciso que a minha memória e a sua se fundam na dele.

    Na verdade, ele só fora até lá uma única vez. Ainda estava de luto por minha avó. Inconsolado, inconsolável, passava seus dias estudando e suas noites rezando. Visita-relâmpago de quarenta e oito horas. Oficialmente, devia ir encontrar um ex-companheiro doente. Mas seu verdadeiro objetivo era mais sentimental: passear na Cidade Velha de Jerusalém. Lá recitar os Salmos. Lá reencontrar uma nostalgia fugaz. Lá captar os ecos trágicos das advertências dos profetas. Recolher-se diante do Muro, pensando em nosso antepassado, o ilustre cabalista Rabi Petahia, cuja interpretação dos Nomes faz sonhar. Por que não ficou por lá? Recusava-se a separar-se de nós? Temia recomeçar uma vida nova? Não. Creio tê-lo ouvido murmurar que, de onde quer que venha, o judeu sente-se em casa no solo dos profetas. Que, para um judeu, viver em Israel é um privilégio: o de voltar para casa. E que esse privilégio, ele não o merecia.

    Mas voltou de lá mudado.

    — Lá você compreenderá melhor e com mais profundidade toda essa história relativa ao jovem alemão pelo qual você está obcecado — disse-me ele, um dia. — Tantos inimigos tentaram destruir nosso povo; o último, na Alemanha, quase conseguiu. Seriam as civilizações todas mortais? Poderíamos acreditar nisso. Mas há Jerusalém.

"Segundo o Sábio Rabi Shaul — diz meu avô — o Deus de Israel não investiu quatro mil anos de fé e de desafio na história de seu povo para vê-lo aniquilado um dia. E, no entanto, no tempo da grande Tragédia, o inimigo quase conseguiu. Por pouco não destruiu Jerusalém longe de Jerusalém. Você leu o Livro de Ezequiel, não leu? Ele evoca sua visão das ossadas ressequidas no deserto. E prediz que um dia renascerão para a vida. E, no entanto, meu caro, pela primeira vez em nossa história os mortos não tiveram direito a uma sepultura. O inimigo fez com que até suas ossadas desaparecessem, jogou suas cinzas nos rios ou as dispersou no vento. Pense nisso quando sonhar com minha Jerusalém em Jerusalém. Não vai esquecer?"

— Não, vô. Não vou esquecer.

Quis o acaso que eu chegasse em um dia em que a fronteira sul estava ardendo. Um soldado israelense havia sido morto, e três outros, feridos. Efervescência generalizada, onda de cólera no país. Ciclo infernal que se tornara rotina. Ataque e contra-ataque. Agressão e represálias. Matar os matadores. E o sangue continua a correr. E crianças ficam órfãs. E a paz, onde entra? E o sofrimento do vizinho, conhecido ou não? É a Morte que sai vitoriosa, sempre. Visito as fronteiras do Sul e as do Centro. Interrogo e escuto. Rabinos e alunos, soldados e civis. Jovens vagabundos e velhos mendigos. Personalidades políticas e escritores. Quanto tempo essa era de incerteza vai durar? Como parar o ódio? Mas como vencer o terrorismo a não ser pelo contraterrorismo, ou seja, desprezando o glorioso princípio segundo o qual toda vida humana é sagrada? Como agir para que as lágrimas de alegria de um não causem soluços de angústia no outro? Para que a esperança de um não se funda no desespero do outro?

Um rabino oriental, de rosto exaltado e olhar ardente, exige de toda a sua geração que ela exerça sua vigilância na espera de tempos messiânicos.

Um romancista eloquente defende a universalização da ética judaica: melhorar a condição humana dos palestinos dos Territórios; reconhecer seu direito imutável à autodeterminação.

Para esse homem político de esquerda, só há solução na criação de dois Estados independentes e soberanos que vivam lado a lado em segurança e em paz.

Seu adversário de direita vê apenas utopia nesse projeto. O terrorista do campo adversário sonha não com concessões territoriais, mas com a criação de um único Estado. Palestino. E que será construído sobre nossos cadáveres.

Um militante dos direitos humanos me censura por não ajudar a causa palestina. Respondo-lhe: "Que eles parem com a violência terrorista e seremos muitos a abraçar sua causa."

Dedico minha reportagem a meu avô. É a ele que me dirijo. A ele participo o que descubro, o que me deixa orgulhoso, o que me assusta, o que me dilacera.

De repente, penso no grande Nikolai Gogol: ao voltar de Jerusalém, ele queima a segunda parte do seu livro *As almas mortas*. Entendo-o: a experiência de Jerusalém é forte demais, intensa demais. Diante dela, as palavras perdem inelutavelmente sua seiva. Sua purificação pelo fogo torna-se, então, uma possibilidade, conforme mostraram Rabi Nahman de Bratislava e Franz Kafka.

Vou contar.

Uma mulher bonita e nobre, de cabelos castanhos e porte altivo. Cerca de quarenta anos. Seu filho único, lugar-tenente de Tsahal, foi morto ao se jogar sobre uma granada para proteger seus camaradas. Todas as manhãs, ela vai se recolher sobre seu túmulo. Conta-lhe os acontecimentos do dia. Pergunto-lhe se ela pensa que um dia, próximo ou distante, conhecerá novamente a felicidade. Ela me olha em silêncio. Como se compreendesse não o sentido da minha pergunta, mas a própria natureza da minha judeidade.

Fico com vontade de lhe falar dos meus filhos, mas temo que ela desate a soluçar. De Alika, então? Do meu amor por ela, do meu apego a meu avô? Apesar do seu passado tão pesado de tristeza e de luto, ele continua aberto à alegria, tão diferente da minha, daquela dos homens: poder-se-ia dizer que ela vem de uma fonte que só ele conhece. Mas sei que esse tipo de comparação está fora de lugar. Duas aflições se adicionam sem se anular. Uma não justifica a outra, ainda que a explique. Incapaz de consolá-la, sinto-me ocioso, desorientado, inútil. Dar-lhe um beijo na face? Escolho não fazer nada, não dizer nada. Que meu silêncio, respeitoso e ferido, seja uma oferenda.

Vou contar.

Últimas horas em Jerusalém, na cidade velha. Passo uma noite em claro, refletindo.

Tinha prometido a meu avô não esquecer o passado, aquele que o perseguia. Como conciliar Auschwitz e Jerusalém? Seria um simplesmente a antítese, o antiacontecimento do outro? Se Auschwitz permanecer para sempre a pergunta, Jerusalém será sempre a resposta? De um lado, a escuridão do abismo e, de outro, o deslumbramento da luz da aurora? Em Birkenau e em Treblinka, a sarça ardente foi consumida, mas aqui a chama continua a esquentar o coração dos sonhadores messiânicos.

O sentido de tudo isso?

Vou contar.

Surpreendo-me comigo mesmo ao sentir o desejo repentino de rezar. Rezo por Alika: que ela conheça a serenidade. Por meus dois filhos: que eles se realizem em um mundo livre de toda crueldade, do cinismo e da dor, de todos os fanatismos. Por meu tio Meir: que sua loucura continue portadora de beleza, e não de decadência. Por meu avô: que viva ainda muito tempo, que encontre a força para contar o que apenas o canto ou o silêncio podem exprimir.

Vou contar.

Os mendigos, com a palma da mão e a boca constantemente abertas, mesmo que nenhum turista apareça no horizonte. Nenhum deles respondeu às minhas perguntas, mas todos me fizeram oferendas, cujo peso é maior do que a melhor das réplicas. Recolho suas histórias, com um profundo sentimento de reconhecimento.

Aquela das duas gotas que se buscam em vão no oceano e se unem somente quando a solidão e a nostalgia as transformam em lágrimas, foi de um deles que recebi. Considero-a um tesouro que ele me incumbe de salvaguardar.

Digo-lhe: talvez seja por causa desta noite, deste encontro, à sombra das sombras que vagueiam diante do Muro e para ouvi-lo que Deus me enviou para a terra dos homens.

De repente, diante desse vestígio do antigo Templo, onde inúmeros peregrinos vieram depositar sua sede de verdade e de redenção, dou-me conta de que, pela primeira vez depois de muito tempo, longe de Alika, nunca vivi nem mesmo abordei uma experiência em termos de teatro.

Talvez porque aqui nem o destino nem a História se apresentem como um espetáculo que podemos interromper ou anular à vontade.

Como meu avô, de volta a Nova York, eu já não era o mesmo.

E o jornalismo? E o julgamento? Werner e Anna. O jovem alemão faz questão de me ver. Para me falar do quê? Comparar nossas impressões, as do ator e as do espectador?

Portanto, eu era jornalista. Comecei minha carreira como crítico teatral. No entanto, nunca tinha pensado no assunto, e isso não fazia parte de minhas ambições. Na realidade, devo esse papel a nosso professor barbudo de olhar astuto.

Durante meu terceiro ano de estudos, ele me fez compreender, sem excesso de delicadeza, que não me via levando uma vida útil ou digna no palco:

— Você ama o teatro, não há dúvida — disse-me um dia. — Dá para ver que é dedicado, e gosto disso. Mas não o vejo no tablado.

E, após um silêncio para marcar o efeito dramático:

— Vejo você mais na plateia...

Alguns colegas começaram a rir, e eu, a me aborrecer. Alika, por sua vez, ficou irritada:

— Bando de estúpidos, acham isso engraçado? E o senhor, professor, está gostando de humilhar um estudante em público?

A esse respeito, ele se apressou em corrigir-se:

— Não dê bola para os trocistas, meu caro. Você é superior a eles. Na realidade, você é o melhor da classe. Mas...

— Mas o quê? — insistiu Alika. — Vamos, não pare no meio de uma maldade.

Ele não lhe respondeu, mas me convidou a ir vê-lo depois da aula em sua sala.

Eu estava esperando repreendas ou coisa pior: uma lição condescendente que me fizesse compreender, de uma vez por todas, que eu era uma negação como ator. E não estava inteiramente enganado. Estávamos de pé na frente da janela que dava para um jardim. Ele pôs a mão em meu ombro e disse:

— Escute bem, meu caro. Estou convencido do que eu disse, mesmo que tenha errado em fazê-lo no meio da aula e na frente de todo mundo, e peço que você me desculpe. Só que você precisa entender uma coisa muito simples: podemos amar o teatro de paixão e de mais de uma maneira.

Podemos exprimir esse amor por intermédio da escrita, da encenação, da interpretação, da música, da iluminação ou até — afinal de contas, trata-se de dons no sentido literal do termo — financiando espetáculos. Isso mesmo, não me olhe desse jeito. O teatro é uma arte, e por acaso a arte não é a forma mais sublime da generosidade?

— Em outras palavras, professor, o senhor está me aconselhando a começar por ganhar muito dinheiro, é isso? A me tornar um rico doador, o mecenas de uma companhia teatral qualquer, e a viver assim a vida inteira, como espectador?

— Não — replicou o professor com um ar sério. — Não é esse o conselho que estou lhe dando.

— Então...

— ... Eu o aconselho a nunca deixar o teatro. É seu mundo, seu universo, eu diria até sua salvação. Nele você vai encontrar o sentido e a justificação da sua vida.

— Mas como chegar a isso?

Ele deixou passar um longo momento antes de responder:

— Vou pensar no assunto. Quando encontrar a solução, digo a você.

Algumas semanas mais tarde, ele me convocou novamente. Nesse dia, recebeu-me sentado atrás da sua escrivaninha.

— Você vai se tornar crítico de arte dramática.

— Mas não sou qualificado! Nunca escrevi nada. Nunca vou conseguir! Não sou jornalista!

— Você conhece o teatro, você o ama e vive com todo o seu coração e toda a sua inteligência, é a única coisa que importa.

E eis como, para grande surpresa de Alika e para a felicidade de todos os meus parentes, incluído meu avô, tornei-me jornalista bem a contragosto.

Como crítico teatral do respeitável cotidiano *Morning Post*, eu trabalhava com Bernard Colliers, responsável pelas páginas culturais, sob as ordens de Paul Adler, redator-chefe todo-poderoso e respeitado, ex-aluno do meu professor barbudo. Recebido em um escritório, onde, entre jornais, livros, revistas e outras papeladas, Paul continuava a corrigir um texto sem lançar um olhar para mim, só pude desconfiar do sujeito: com olhar penetrante num rosto fino e ossudo, à primeira vista ele dava a impressão de uma grande severidade. Mais tarde, eu aprenderia a aceitar suas oscilações de humor, sua impaciência e seus ataques de cólera.

— Então, meu jovem, parece que você está louco para virar jornalista?

— Não. Jornalista, não. Eu queria fazer teatro.

— E, como tantos outros, já que não pode fazer nada diferente, acabou se conformando com a gloriosa profissão de jornalista.

— Também não. Foi ideia do meu professor, não minha.

— Eu sei. Ele me disse.

Calei-me e pensei: isso não vai dar certo. É um esforço inútil. Fracasso já na primeira tentativa. De que adianta eu me iludir? Esse homem não gosta de mim; está claro como o dia. Nunca vai gostar de mim. Não vai me contratar só para agradar a um professor, ainda que fosse o melhor e o mais ilustre. Vai se despedir de mim prometendo-me uma resposta para daqui a alguns dias ou alguns anos. Contudo, ele retomou:

— Qual é a peça que viu recentemente, e onde? Não estou falando de um espetáculo montado por seus colegas, mas de teatro de verdade, com profissionais. Estou falando da Broadway ou da Off Broadway.

Respondi-lhe com uma voz fraca:

— *The Iceman Cometh*, de Eugene O'Neill.

— Gostou?

— Gostei. Muito.

— Por quê?

Como evitar as banalidades? Disse-lhe que tinha admirado a intensidade dramática da peça, a sobriedade da interpretação dos atores, o rigor da encenação...

— Bom — disse ele. — Vá para o escritório ao lado. Diga-me tudo isso por escrito.

Como escrever alguma coisa inteligente e válida sob tanta pressão, quando as palavras estão se entrechocando na sua cabeça e seu coração está batendo feito louco?

Tentei, Deus é testemunha de que tentei. Mas eu sabia que isso não ia servir para nada. Já tinha perdido antecipadamente.

Ah, disse a mim mesmo, dane-se. De todo modo, está feito, pouco importa o que eu diga e de que maneira. Vamos acabar logo com isso e cair fora. Como mau aluno, coloquei na minha "tarefa" tudo que eu sabia sobre o autor e suas influências. Tchekov, Gogol, Joyce, Kafka, o Midrash, por que não, e todo o resto. Agora posso dizer: nunca redigi algo tão medíocre.

Uma boa hora mais tarde, bati à porta do chefe e lhe entreguei três folhas batidas à máquina, sem tê-las relido.

Ele deu uma olhada e me lançou:

— Agora estou ocupado. Vou dizer o que acho amanhã ou depois de amanhã. Me deixe seu número de telefone.

Vinte e quatro horas de angústia partilhadas com Alika. Ela estava mais nervosa do que eu, mais agitada. Eu sabia que a resposta seria negativa. Ela estava mais otimista. Tentava me acalmar, ou me ajudar a passar o tempo, bebendo, comendo, amando-me; era melhor do que nada. Mas eu estava esperando o pior. Estava arrependido de ter ouvido meu professor; não deveria ter ido incomodar aquele redator-chefe que se achava superior; fiz mal em me expor à humilhação ridícula que ele me havia infligido; nunca me perdoaria por isso...

Durante o dia inteiro, nada.

Segunda noite em claro. Alika já estava cheia; eu também.

Que idiota que você é, disse a mim mesmo pela décima vez. Deixou um desconhecido zombar de você. Que vergonha!

No dia seguinte de manhã, Alika deu um pulo na mercearia da esquina. Voltou depois de alguns minutos, sem fôlego:

— Veja, Yedi. Comprei o jornal. Veja a primeira página...

O início do meu artigo. "Ver sequência nas páginas de Cultura." Com o pequeno entrefilete que o acompanhava, anunciando que o autor daquele texto era o novo crítico teatral do jornal e terminando com uma notícia biográfica bastante lisonjeira, pois citava meu professor barbudo.

Tive vontade de me jogar em um táxi para ir partilhar minha alegria com meus pais. Alika me deteve:

— Ainda estão dormindo.

— Não ficarão chateados de serem acordados.

— Mais tarde. Primeiro faça amor comigo.

Eu queria ter ligado para meu avô. Ele dormia pouco e se levantava cedo. Mas o desejo de Alika era prioritário.

Em seguida, liguei para Itzhak e Orli, Meir e Drora. Ficava imaginando a felicidade deles. Era sincera e aqueceu meu coração. Depois, fui ver meus pais.

Meu pai fez o seguinte comentário: "Você sabe qual é a diferença entre o escritor e o jornalista? O jornalista se define por aquilo que diz, e o escritor, por aquilo que cala." Será que tinha ficado feliz com meu sucesso? Eu não fazia a menor ideia.

Minha mãe me abraçou:

— Estou orgulhosa de você, filho — disse. — É claro que teria preferido que você fosse advogado...

— ... O jornalista também é um advogado — interrompeu-a meu pai. — Ele será o defensor dos sem-defesa, dos miseráveis, dos esfomeados, das crianças espancadas, dos escritores de má sorte: não é esse o papel mais bonito do advogado? E a missão do jornalista?

Quando chegou a minha vez, achei oportuno explicar-lhe:

— Não é esse tipo de jornalista que vou ser, pai. Vou escrever sobre teatro.

Minha mãe pôs café e bolo na mesa. Discussão prolongada, calorosa, sobre o papel da imprensa na sociedade contemporânea. Meu pai julgava que não se pode separar as áreas de atividade de um homem ou de uma comunidade. Do ponto de vista da ética, a única coisa que importa de fato, tudo está ligado. Já minha mãe preferia ver o advogado em toda parte. Eu defendia a soberania do teatro, das suas virtudes, mas também das suas obrigações.

Antes de deixá-los, recebi do meu pai alguns conselhos que ele atribuiu a um autor obscuro do tempo dos Apócrifos, a que o misterioso Paritus, o Caolho, recorria com frequência:

— Aquele que se considera servidor dos seus semelhantes, portanto, da comunidade, portanto, dos indivíduos que a compõem, deve observar as seguintes regras: nunca adular os detentores do poder nem nunca se submeter a seus caprichos. Em outras palavras, meu filho: não deixe que ninguém o compre nem o assuste. Depois, o seguinte: se você deseja criticar, comece por criticar a si mesmo; procure nunca rebaixar quem quer que seja. Quando seu julgamento for negativo, escolha bem suas palavras para que aquele que você mira não seja humilhado, afundando na vergonha.

Foi mais ou menos o que me recomendou meu novo chefe. Naquele mesmo dia, Paul Adler me anunciava pessoalmente que, a partir daquele momento, eu fazia parte da sua equipe, com os direitos e deveres que isso implicava.

Às vezes, meus anos de aprendizado foram rudes, mas sempre estimulantes.

Nunca eu teria imaginado que seria capaz de escrever uma frase simples em meio ao barulho infernal de uma sala de redação, onde cada jornalista acredita que o leitor só está esperando por ele.

Responsáveis por seções, repórteres sem fôlego que não têm nem sequer um minuto a perder para redigir sua informação, comentadores que se esfalfam repetindo ao chefe que não é para cortar a última frase do seu artigo em hipótese alguma. Gritos aos revisores: atenção com as vírgulas, com os pontos de exclamação! E com os nomes próprios! Eis o mundinho aberto ao universo e às crises de nervos que apaixonou e extenuou o debutante que eu era.

No primeiro ano, eu tremia antes de submeter minha crítica a Bernard Colliers, chefe das páginas culturais, personagem grosseirão, ríspido, taciturno e revisor irascível. Nunca seguro de mim mesmo, raramente satisfeito, eu temia a autoridade e a reprovação. Quando não havia urgência, ou seja, quando meu texto estava programado para a edição de sábado ou domingo, eu escrevia em casa. Alika me ajudava. Ela era então minha primeira leitora; sua reação era indispensável para mim. Mas, na maior parte do tempo, meu chefe — ou o tirano, como o apelidamos — exigia que meu texto fosse publicado na primeira edição do dia seguinte. Então, eu começava a escrever no teatro mesmo, durante o entreato, para terminá-lo no jornal.

Com o tempo, habituei-me ao ritmo, regular ou caótico, da vida de um jornal. Uma informação política redigida às pressas, uma citação errada, um parágrafo que beirava o plágio desencadeavam tempestades felizmente logo acalmadas graças a Paul, que, de resto, em geral era o responsável por elas no início. Seria esse o sinal e o segredo do seu poder? Quanto a mim, se raramente me irrito, meus ataques de cólera dificilmente se aplacam. Será porque nunca aspirei à menor parcela de poder, a não ser aquele que todo homem deveria exercer sobre si mesmo?

Em geral, eu me mantinha afastado das ciumeiras e das querelas internas, que são frequentes em toda empresa e mais ainda em uma redação, cuja produção é, ao mesmo tempo, essencial e efêmera: sua verdade dura apenas o tempo de a tinta secar.

Tendo me tornado próximo e amigo do chefe, eu me aplicava em nunca fazer sombra a quem quer que fosse.

Lógico, um colega mais influente do que eu às vezes tentava me convencer de que a peça, ou a encenação, ou ainda, mais precisamente, a performance do seu amigo/da sua amiga era magnífica e merecia ser defendida. Eu o ouvia com paciência e respondia que, claro, eu levaria em conta sua observação, mas que, do ponto de vista deontológico — à palavra estava então na moda —, eu realmente não tinha nem o direito nem o poder de lhe dar satisfação. Tudo que é privado, dizia eu, escapava a meu poder de intervenção.

Geralmente o colega não ficava muito chateado comigo. Se insistisse, eu me virava para Paul e pedia discretamente sua opinião. Seu apoio me era garantido.

O que mais me importava em meu trabalho? Que meus parentes se orgulhassem. Meu tio Meir, minha tia Drora, meu avô, meus pais. Itzhak também, eu esperava. Será que meu irmão tinha inveja de mim? Eu poderia compreender. Nossas relações sempre foram complicadas. Nunca sei se minha felicidade o deixa feliz. Acho que Orli, minha cunhada, tem um pouco a ver com isso. Ela procura agradar a todo mundo, mas eu não entro no seu jogo. Será isso o que irrita seu marido?

Já meu pai continua sendo um enigma para mim. Será que pensa nos ausentes? Às vezes, olho para ele e sinto vontade de chorar.

Quando eu estudava teatro e pensava em consagrar minha vida a ele, como Alika e com ela, meu pai leu para mim este texto (antigo? De um precursor de Paritus, o Caolho?) que ainda hoje soa em meus ouvidos como um eco premonitório das belas palavras de Paul Valéry, gravadas no frontispício do Palais de Chaillot: "Para Deus, o homem é o triunfo e o desafio da Criação; ele se inquieta por ele e, ao mesmo tempo, se orgulha dele. Do berço ao túmulo, a vida é uma progressão que somente o homem tem a possibilidade de animar ou de tornar árida. Ela é um laboratório de ideias, de pensamentos, de experiências, e depende apenas dele tirar as lições que lhe permitirão elevar-se até o céu ou o farão oscilar nas aflições do inferno. Assim, a vida é tudo, menos um teatro em que a possibilidade de escolher permanece sempre limitada."

Estaria meu pai tentando me desencorajar? Conscientizar-me das provações que me esperavam?

Pouco importa. Dedico a meu pai um amor sem fronteiras e talvez sem razão. Ou melhor, há, sim, uma razão: seu próprio pai era o que hoje se chama de um "sobrevivente". Tinha sido rico e, no último ano da guerra, restaram-lhe recursos suficientes para convencer três antigos clientes que moravam em aldeias diferentes a esconder sua mulher e seus filhos. Apenas meu avô, vítima de uma denúncia, foi preso e deportado. Sobreviveu por milagre e, assim que pôde, emigrou para Nova York com sua família. Nascida na América, minha mãe teve uma infância ensolarada.

E quanto à minha infância? Minhas lembranças mais distantes remontam a meus quatro anos. Antes disso, nada. Sou como tantas outras crianças e adolescentes judeus do Brooklyn ou de Manhattan. A escola judaica, o ginásio. As refeições do shabbat. As festas. Os presentes de Hanuká. O sol no verão, a neve no inverno. Os primeiros amigos.

A guerra? Um tabu, lembranças proibidas. Direta ou indiretamente, ela marcara todas as nossas famílias. Mesmo do lado da minha mãe: tantos tios, tias, primos e parentes haviam desaparecido. De maneira obscura, compreendíamos que todos faziam parte da nossa memória coletiva. Quando um homem é amputado, seu "membro fantasma" continua a doer. O mesmo acontece com o povo judaico, dizia o grande poeta iídiche Chaim Grade: cada um sente a dor dos membros que já não existem. Mas o que eu sabia da experiência concreta daquela época? Das denúncias? Da vida no gueto? Da fome, da promiscuidade? Das "ações" que antecediam a deportação? Da caça às crianças? Do medo constante de ser separado de um dia para o outro dos entes queridos? Dos trens chumbados rumo ao desconhecido? De um sofrimento que não tem nome? Se extraordinariamente meu pai fazia alusão a esses fatos, tínhamos a impressão de que estava falando de acontecimentos relatados em seus manuscritos medievais ou mais antigos ainda. Afinal de contas, sempre se comemora a destruição do Templo de Jerusalém, assim como as vítimas das Cruzadas, em datas claramente estabelecidas no calendário. Mas será que a Tragédia, que tão miseravelmente é chamada de Holocausto, se assemelha a esses episódios dramáticos? Um dia, um único dia no ano seria suficiente para celebrar sua memória?

Em um sábado à tarde, meu pai e eu encontramos meu avô em sua casa, sentado à mesa, com a cabeça entre as mãos. Foi algum tempo após a morte da minha avó. Ele estava sozinho, triste, e eu o visitava sempre que possível. Ao me ver, levantou a cabeça e esforçou-se para sorrir para mim:

— A alma humana, que labirinto. Eu achava que podia me orientar por ela. Não. Acabo me perdendo.

Ouça: "Uma execução 'divertida' foi organizada na antiga cidade (de Berditchev, na Ucrânia): os alemães ordenaram aos velhos (judeus) que vestissem seu talit (xale de orações) e os tefilin (filactérios) e celebrassem um serviço religioso na velha sinagoga, rogando a Deus que perdoassem as faltas cometidas pelos alemães. Fecharam, então, com duas voltas de chave a porta da sinagoga e atearam fogo ao edifício. Um exemplo do mesmo tipo de 'divertimento' alemão também é a história do fim do velho Aron Mazor, açougueiro ritual de profissão. O oficial alemão que havia pilhado o apartamento de Mazor ordenou aos soldados que levassem tudo que ele havia separado. Ele ficou com dois soldados para 'se divertir': encontrou um facão de açougueiro e entendeu qual era a profissão de Mazor. 'Quero ver como você trabalha', disse, e ordenou aos soldados que fizessem vir os três netos da vizinha."

E meu avô acrescentou:

— Pobre, magnífico e perturbador Vassili Grossman. Seu relato termina aí. Não nos diz mais nada. Mazor obedeceu? Sacrificou-se para não tocar nas crianças? Mas eu lhe digo: Mazor não é culpado. Esses alemães é que são. E eu os amaldiçoo. Vou amaldiçoá-los até o fim da vida. Vou amaldiçoá-los chorando e contendo as lágrimas. Vou amaldiçoá-los durante o dia e durante a noite. Vou amaldiçoá-los em nome dos mortos e em nome dos vivos. Vou amaldiçoá-los por Mazor e por Vassili Grossman...

E pôs os punhos sobre as pálpebras. Para que eu não visse suas lágrimas.

Depois, rompendo um longo silêncio, acrescentou:

— Espero que esse tipo de relato abra o coração do Messias e faça chorar os céus.

Eu nunca tinha visto meu avô chorar. Em geral, quando meu irmão e eu ficávamos à mesa após a refeição ou em seu escritório, ele gostava de nos ouvir com ar impassível. Ele sabe ouvir. Diz que é feito assim: exprime-se ouvindo. A seus alunos ensinava primeiro a arte de abrir os ouvidos. Quanto a mim, olhava-me com a cabeça inclinada, as sobrancelhas franzidas, e então eu sabia que não estava perdendo nenhuma das minhas palavras, mesmo que eu lhe contasse como tinha sido meu dia na escola ou a última partida de beisebol. Às vezes, ele aproveitava uma pausa para reclamar uma explicação, na maioria das vezes com uma simples palavra: "Por quê?" ou "Quando?"

Meu irmão Itzhak também o ama, claro. Mas à sua maneira: ama e, ao mesmo tempo, tem medo dele, ou por causa dele. Foi o que me confessou um dia; adolescentes, voltávamos do hospital onde nosso pai tinha passado por uma intervenção cirúrgica benigna. "Quando o vejo, meu peito se enche de angústia. E não sei por quê." Comigo é diferente: quando penso nele, minha garganta dá um nó. Sofro por ele.

Desde que entrei no jornal, ele tomou o hábito de lê-lo com mais atenção e curiosidade do que os outros jornais. Comunica-me seus comentários sobre esta ou aquela seção. Não gosta muito dos artigos que reivindicam seu engajamento em nome da verdade: "A verdade do jornalista", diz com frequência, "não é a do filósofo. O primeiro busca os fatos, o último se interessa por aquilo que os ultrapassa." Quando me fala sobre meus artigos, é com um tênue sorriso na comissura dos lábios: "Você não tem esse problema. O que lhe interessa é a verdade artística. É *uma* verdade, mas não *a* verdade."

Um dia, consagrei um artigo a uma peça, cuja ação se situa em um gueto no Leste europeu. Fui severo com seu autor, que introduziu elementos eróticos demais para meu gosto. Quando entrei no escritório do meu pai, ele estava lendo minha crítica. Perguntar o que ele achava? A tristeza do seu rosto me bastou. Mas continuo sem saber se foi a peça ou meu artigo que o afligiu. Aposentado, ele passava todo o seu tempo procurando documentos antigos ligados aos Apócrifos, tão caros a seu pai. Quando nos interessávamos pelo assunto, nada lhe dava tanta alegria infantil. Estava convencido de que inúmeros pergaminhos da mesma espécie, talvez até "os Macabeus", encontravam-se enterrados em algum lugar nas grutas das montanhas nos arredores de Jerusalém. Portanto, quem conheceria a felicidade ao encontrá-los? Um dia, vi-o no sétimo céu: ele acabava de ler uma obra anotada pelo grande pensador medieval Paritus, o Caolho. Este se referia a um manuscrito intitulado "O fim dos tempos", que datava da era dos Profetas na Judeia. "Veja", jubilava meu pai. "Veja o que ele diz da cólera que queima o coração, cujas cinzas esperam pelo ódio para se destruírem: 'Apenas Deus tem o direito de prová-la; suas criaturas, não'. Ou então, quando se trata da inveja, veja como o mesmo Paritus fala dela: 'Desconfie daqueles que buscam suscitar a inveja: tu, leitor e discípulo, inveja as virtudes do outro, mas não o poder ou o ouro que ele poderia possuir; o que hoje brilha será pó ou cinza amanhã.'"

Foi por causa de Werner Sonderberg que me vi, em um dia de primavera, no tribunal, no coração da justiça. Não como advogado, tal como desejaria minha mãe. Como observador interessado. Mas, sobretudo, como crítico dramático.

Foi ideia do chefe. Bastante original, para não dizer esquisita. Na verdade, eu havia tentado dissuadi-lo:

— Não estudei jurisprudência, Paul, você sabe muito bem disso. Nunca assisti a um julgamento, nunca pus os pés em um tribunal. Quer que eu me exponha ao ridículo? Minha área é o teatro!

— Por isso mesmo! Um julgamento também é teatro. Todos que dele participam desempenham um papel. Na Inglaterra, os juízes usam perucas. Na França, a toga. Quando o advogado anuncia, em nome do seu cliente, "declaramos culpados ou não culpados", exprime-se como se ele também o fosse de fato. É teatro, estou lhe dizendo. Em um julgamento, sobretudo no tribunal criminal, há sempre suspense e drama. É por isso que os leitores se interessam pelo assunto.

— E o acusado, Paul? — repliquei. — Por acaso é uma interpretação para ele também?

— É você quem vai nos dizer.

Foi assim que, de um dia para o outro, o citado Werner Sonderberg, sobrinho de Hans Dunkelman, irrompeu em minha existência.

Lembro-me bem: um domingo. Final de tarde. Volto do teatro e caio na reunião dos chefes de redação. Estão preparando a diagramação. O Oriente Médio, como sempre, está na primeira página. Com um discurso do presidente em uma universidade do Midwest. Em seguida, a declaração televisionada do secretário de Estado a respeito das negociações bilaterais com Moscou sobre o desarmamento nuclear. Ouço com um ouvido distraído. Meus pensamentos continuam voltados para os pobres atores, forçados a interpretar uma comédia de vanguarda que não consegue alçar voo. Graças a Deus, não vai ficar em cartaz por muito tempo. Mas como dizê-lo sem ser maldoso? Estou ocupado com minhas reflexões quando sinto a meu redor que o tom se eleva. É Paul que se exalta:

— É o julgamento do ano, como se diz; começa na semana que vem e não temos nada para anunciá-lo?

— Nossos dois correspondentes no palácio da justiça estão ausentes — disse Charles Stone, o velho responsável pelas páginas metropolitanas. — James está de férias, e Frédéric vai se casar.

— Ele não podia encontrar outro dia?

— Ele, talvez — observa Charles —, mas não sua noiva. Para ela, provavelmente a felicidade é bem mais urgente. Ela não é jornalista.

Contrariamente ao que todo mundo temia, Paul não explodiu. Com a cabeça inclinada, dissimulando sua cólera, pôs-se a procurar alguém que assumiria a tarefa, e não tive dificuldade em adivinhar suas hesitações. Ninguém lhe agradava. Um era lento demais para escrever, outro não tinha precisão nem impacto, outro ainda era realmente indispensável em seu posto. E, de repente, seu olhar cruzou o meu.

E eis como me vi a pesquisar durante horas nos arquivos do nosso jornal em busca daquilo que nutriria minha primeira crônica judiciária. As seguintes? Amanhã é outro dia. Deus é grande.

Werner Sonderberg é um jovem alemão de vinte e quatro anos. Nascido em uma aldeia perto de Frankfurt, instalou-se com sua mãe na França, onde fez seus estudos secundários. Com a morte da mãe, veio aos Estados Unidos para se formar em Literatura Comparada pela Universidade de Nova York. Inteligente, ávido de conhecimento, o desterrado que havia nele fez uma porção de amigos: diziam até que ele tinha certos relacionamentos passageiros. Seus professores o tratavam com benevolência e lhe prediziam uma bela carreira em seu país de adoção. Até aí, nada a assinalar. Nenhum antecedente criminal. Nem álcool, nem drogas.

Em uma bela manhã, recebeu a visita de um rico compatriota, Hans Dunkelman, que afirmava ser da sua família. Na hora, Werner não entendeu: seria um tio, um primo distante? Seu nome não lhe dizia nada. Robusto, vestido com uma elegância rebuscada, devia ser um rico industrial, um investidor ou um agente de câmbio, pensou o jovem.

Foram vistos juntos muitas vezes. A ponto de Anna, namorada titular de Werner, uma moreninha de olhos sorridentes, reclamar para os amigos comuns a ambos:

— Quando quero passar uma noite com ele — dizia, fazendo bico —, preciso marcar hora. Eu sei que é seu tio, ele já me explicou; o único membro ainda vivo da família. Mas, mesmo assim, tem um limite, não?

Um dia, ela não conseguiu conter a cólera:

— Werner acabou de me avisar que vai descansar na montanha com esse tal de Dunkelman. Sem mim. Descansar do quê, de quem? De mim, talvez? Não estou acreditando.

Werner e seu tio partiram, de fato, para os Adirondacks, não longe da fronteira canadense, mas o sobrinho voltou de lá sozinho. Taciturno, recusou-se a responder às perguntas de Anna sobre a ausência do tio:

— Nos separamos — explicou-lhe, por fim, com ar irritado —, isso é tudo. E espero nunca mais revê-lo.

— Mas por quê? O que aconteceu? — perguntou a jovem estudante. — Vocês brigaram?

Werner deu de ombros como para dizer: não insista.

Visivelmente preocupado, preferia ficar sozinho, como se lhe faltasse amor ou felicidade. Anna tentou em vão descontraí-lo. Era a primeira vez que aquilo lhes acontecia. Ele parecia ter sido subtraído do mundo externo, insensível às atenções da sua namorada.

Alguns dias mais tarde, alertada por um turista de passagem, a polícia local descobriu o cadáver de Hans Dunkelman no sopé de uma falésia. Acidente, suicídio, assassinato? Teria ele se jogado no vazio? Teria se sentido mal? Alguém o teria empurrado? A autópsia revelou uma dose excessiva de álcool no sangue. No hotel onde Werner e ele tinham alugado dois quartos para uma semana, foi encontrado o nome do seu sobrinho, que voltara precipitadamente para Nova York.

Dois dias mais tarde, Werner Sonderberg era detido e acusado de assassinato.

Depois de reler e corrigir minha apresentação do julgamento, deixo o jornal e volto para casa. A noite caiu. Alika me recebe com ar espantado:

— Já é tarde. O que aconteceu?

Conto-lhe a reunião turbulenta da redação, mas a conclusão que Paul lhe deu não agrada à minha mulher:

— Não me diga que vai abandonar o teatro.

— Não tenha medo. Vamos continuar a assistir a todas as boas peças... quando houver uma.

— Como vai fazer para acumular as críticas e os relatos da audiência?

— Não tem problema: o julgamento só acontece durante o dia. E não vai durar muito tempo. Alguns dias. Uma semana, talvez. É a opinião de todo mundo.

— Mas você tem certeza de que é capaz de cumprir esse tipo de missão?

— Não, não tenho. Mas Paul tem. Você o conhece, ele é teimoso. Quando coloca uma ideia na cabeça, não desiste dela por nada neste mundo. E depois, é um amigo. Preciso confiar nele.

Tão obstinada quanto Paul, Alika não está convencida. Mas se conforma:

— Tomara que esses poucos dias passem logo... e bem.

Mas o julgamento ia nos reservar muitas surpresas.

No dia seguinte bem cedo, mal eu tinha acordado e já estava recebendo um telefonema de Paul:

— Li seu texto. Vai para a primeira página. Mas não fique chateado comigo pela minha franqueza: não é o que eu estava esperando de você. Você se contentou em compilar o que outros já escreveram. Fatos demais, detalhes demais. Em resumo: seco demais. Você não é uma máquina. Pense na sua paixão pelo palco. Nos cursos que fez. Faça disso sua ferramenta. É preciso que cada ser esteja vivo, que cada frase pegue fogo e que tudo gire em torno do personagem principal...

— Entendo. Você não devia ter...

— Não seja tão suscetível. Mas quem o lê tem a impressão de que você nunca ouviu falar desse crime, estou enganado?

— Não, tem razão — disse eu com voz fraca.

— Como sempre. Mas eu bem que lhe disse que...

— ... que você não é o homem certo para essa situação, sim, eu sei. Você está errado. Confie em mim: você pode fazer melhor e vai fazer.

— Vou tentar, professor.

Desligamos juntos.

— Eu devia ter ouvido você — disse a Alika ainda meio adormecida. — Não devia ter aceitado.

— Aceitado o quê?

Deixo-a dormir.

Primeira audiência.

A sala número 12 da Corte Superior de Manhattan está lotada. Fotógrafos, repórteres, advogados, cronistas judiciários, um cônsul alemão. Todo mundo parece se conhecer. Aparentemente, *habitués*. Falam todos ao mesmo tempo: sobre a meteorologia, as partidas de beisebol ou de futebol. A Bolsa. As últimas fofocas. Tenho dificuldade em me situar. Não conheço ninguém. Não faço parte do mundo deles. Estranho a mim mesmo, sentado em meu canto, caneta e bloco de notas à mão, passeio meu olhar por aquele lugar onde o futuro de um homem será encenado: conseguirá reconquistar a liberdade? Irá perdê-la para sempre? Recuperará o direito de ser feliz? Voltará a ser um membro respeitável da família humana ou permanecerá como sua ovelha negra? E eu? O que estou fazendo no meio de tudo isso?

Um murmúrio atravessa a sala: fazem entrar o réu, cujo papel é mostrar como o homem e o ato podem coincidir e como a sociedade julga um dos seus.

Cercado de policiais, vestindo um terno cinza, camisa branca e gravata azul, Werner apresenta a imagem de um homem elegante que o acaso transformaria em culpado. Com traços abatidos, gestos lentos, olhar pálido e fixo, que não reconhece nenhum rosto familiar, e o pensamento distante, ele avança na direção do seu assento, acompanhado por seus dois advogados, um encarregado por dever de ofício, Michael Redford, e o outro, Peter Coles, escolhido pelo consulado alemão. Ator principal de uma cena cujas réplicas ele ignora, sua entrada é bem-sucedida: só olham para ele. É dele que se espera a verdade: a explicação de um ato irremediável. Será que ele adota voluntariamente uma atitude indiferente ao que o rodeia, ao que o espera? Aonde suas reflexões o conduzem? Para o local do crime, lá na montanha? Para sua vítima, talvez, à qual, aconteça o que acontecer, ele permanecerá unido até seu último dia? Seria precisamente essa união que ele teria buscado ao executar seu crime?

"Como é jovem", murmura alguém. "Não tem cara de assassino", responde outro. Um terceiro se lembra de que, afinal de contas, é alemão. E daí? Dá para esperar qualquer coisa.

Minha primeira impressão? Culpado ou não culpado? Como saber? Como ter certeza? De todo modo, será possível que o seja? Por que não? Que houve algum desentendimento, isso é certo. Um movimento brusco, nem um pouco premeditado, e o jovem podia perfeitamente ter empurrado o velho, com o risco de se arrepender mais tarde.

De repente, minha imaginação se inflama. Vejo-me com ele, em outro lugar. Em um trem ou em um café. Dois estranhos. No teatro? Lanço-lhe uma palavra: por quê? E ele me responde: quem o nomeou juiz?

— Senhoras e senhores, a Corte!

Em um só movimento, a sala se levanta. A tradição antes de tudo: a Lei exige respeito. Subitamente, o acusado deixa de ser o ponto de mira. É o presidente do tribunal, Robert Gardner, coberto por sua toga preta e investido de poderes cuja importância só os *habitués* compreendem, que se torna o centro das atenções. Observam-no com curiosidade, como para adivinhar o futuro: será severo ou compreensivo, rigoroso ou influenciável?

— Sentem-se — diz, cumprimentando com um gesto de cabeça.

Voz seca, impassível, impessoal, ela representa bem mais um sistema do que um indivíduo. Esse homem tem apenas uma preocupação: empenhar-se profundamente no caso, rejeitando todo acordo, todo afastamento da justiça imutável e incorruptível. O escrivão anuncia que aquele tribunal se reúne para examinar o dossiê número 613-D: o Estado de Nova York contra Werner Sonderberg. O juiz quer saber se todos os participantes estão presentes. A resposta é afirmativa. O promotor, o acusado, os advogados de defesa: todos estão presentes. "Estão todos prontos?", pergunta o juiz. Sim.

Assim, está aberta a primeira audiência. O julgamento pode começar. E me digo, de repente: afinal de contas, tenho realmente um papel a desempenhar aqui. Muita coisa dependerá dos meus relatos. O juiz os lerá. Será influenciado por meus comentários?

— Acusado, levante-se. Queira declinar seu nome, sua idade, seu local de nascimento, sua profissão e seu domicílio.

— Werner Sonderberg. Vinte e quatro anos. Nascido na Alemanha Ocidental. Estudante na Universidade de Nova York. Na América há um ano. Dowtown Manhattan, 33 West 4th Street.

Voz lenta, calma, precisa: alguém que domina seus sentimentos. Saberá se defender. Meus pensamentos se esquivam e me levam para o passado distante: se ele tivesse vivido no tempo das trevas, teria usado uniforme — mas qual? Imediatamente me recobro: não tenho o direito de imaginá-lo assim. Ele tinha razão: quem me nomeou juiz?

— Como se declara: culpado ou não culpado?
Pergunta obrigatória nos Estados Unidos. Geralmente não provoca nenhuma emoção na sala. O acusado hesita um segundo antes de responder, elevando a voz como se fizesse questão de nela imprimir um acento de gravidade:
— Culpado...
Ele se interrompe para respirar. Murmúrios abafados nos bancos. Certamente, alguns estão decepcionados. Após uma confissão como essa, não será preciso esperar por repercussões dramáticas. Nem por ataques de eloquência.
— ... e não culpado — encadeia de imediato o acusado.
Surpresos e até chocados, alguns observadores se inclinam para frente para escrutar o rosto do jovem alemão: naquela sala, nunca se ouviu semelhante declaração. O juiz Gardner levanta a mão para impor silêncio:
— Isso não é resposta. É meu dever observar ao réu que a lei o obriga a responder sim ou não.
O advogado, em pé, toma a palavra no lugar do seu cliente:
— Meritíssimo, a Corte me permitiria fornecer-lhe um elemento de informação para esclarecer a...
— Senhor Redford, que eu saiba, é membro do tribunal, e o procedimento não deve ser nenhum

segredo para o senhor. Por acaso teria excepcionalmente se esquecido de explicar a seu cliente que nesta Corte o acusado só pode se declarar culpado ou não culpado, mas não as duas coisas ao mesmo tempo?

— Foi o que expliquei a meu cliente, Meritíssimo. Mas ele se obstina em...

— Senhor Redford, deixemos as explicações para mais tarde. Que o réu nos diga agora, em voz alta e inteligível, se se declara culpado ou não culpado.

Werner meneia a cabeça.

— Então, é não? — pergunta o juiz Gardner. — Não culpado?

O advogado cochicha algumas palavras no ouvido do seu cliente. Em seguida:

— Que o Meritíssimo nos perdoe, mas meu cliente simplesmente insiste em dizer à Corte que não, que não pode aceitar essa escolha, pois...

— Neste caso — interrompe o juiz, que já não esconde sua irritação —, é a Corte que o fará por ele. Escrivão, registre que o acusado respondeu não culpado.

Logo em seguida, ele faz sinal para o advogado e o promotor se aproximarem.

— Espero vocês daqui a pouco no meu gabinete — diz-lhes com voz surda e aspecto ameaçador. — A audiência está suspensa. Será retomada às catorze horas.

Corro para a redação, entro sem bater no escritório de Paul: por sorte, ele está com Charles Stone.

— Então? Como está indo esse batismo de cronista judiciário? — pergunta-me Paul.

— Como experiência, é das boas — respondo. — Você tem razão: é teatro, mas de um gênero à parte. Nele, todo mundo improvisa mais ou menos, inclusive o juiz. Todas as surpresas são permitidas. E estou me sentindo um intruso.

Conto-lhes a primeira audiência. Paul sorri:

— Ainda está chateado comigo por tê-lo obrigado a ser voluntário?

— É muito cedo para dizer sim ou não.

— Cuidado, você está começando a responder como seu jovem acusado.

— Só que eu não matei ninguém. Nem mesmo nas minhas críticas teatrais...

— Estou esperando seu primeiro texto — interveio Charles. — Preciso dele antes das oito horas.

— Vou dizer ao juiz Gardner para se apressar.

Volto para casa para almoçar com Alika. Ela parece não gostar da minha excitação:

— Seja como for, não se esqueça de que seu primeiro amor é o teatro, não o tribunal.

— Meu primeiro amor é você.

— Venha comer.

A audiência da tarde é consagrada à composição do júri de doze pessoas, homens e mulheres.

No início, trata-se de um sorteio: uma loteria esquisita. Cada potencial jurado é submetido à aprovação da acusação e da defesa. Todos devem ser objetivos, neutros, sem preconceitos e incapazes de se deixar influenciar por outra coisa que não seja a razão, o sentimento de equidade e de verdade. Um santo seria perfeito.

Um dos primeiros é um velho alfaiate judeu, provavelmente religioso, uma vez que sua cabeça está coberta por um quipá. Para se livrar dele, o promotor o interroga sobre sua atitude em relação à Alemanha e aos alemães:

— Acha que será inteiramente objetivo com respeito ao acusado?

— Por que não o seria?

— Ora, porque provavelmente o senhor está preso ao passado do seu povo.

— E daí? Por que a minha fidelidade ao passado falsearia meu julgamento nesse caso preciso?

— Ora, porque o senhor é o que é, e o acusado é o que é.

— O senhor quer dizer que eu sou judeu, e ele, alemão, o que deveria me predispor a odiá-lo, é isso?

— Não, não, não foi o que quis dizer.

— Ainda bem, senhor promotor. Porque acontece que sou contra o próprio princípio de culpa coletiva. Quer sejam alemães, quer sejam muçulmanos, só os criminosos são culpados; os filhos dos assassinos são filhos, não assassinos.

Dispensado.

De sua parte, o advogado Michael Redford usa do seu direito para eliminar oficialmente dois candidatos.

Em seguida, apresenta-se uma mulher vestida com elegância, de cerca de quarenta anos, inteligente, levemente maquilada. Não sei por que a imagino esposa de banqueiro, amante de arte antiga e de música contemporânea. Desta vez, é o promotor que a recusa. Seria porque o acusado é muito sedutor?

O juiz precisará de três audiências para concluir a composição do júri. Os cronistas profissionais as acham desinteressantes, bastante repetitivas e, sobretudo, desprovidas de surpresa. Não eu. Cada uma é uma descoberta que termina no confronto entre o réu e os oito homens e as quatro mulheres sentados nos bancos do júri, à esquerda do estrado em que se encontra o juiz. Tenho dificuldade em afastar o meu olhar de Werner Sonderberg e tento adivinhar o que ele sente. Afinal de contas, sua vida está mais nas mãos desses indivíduos do que nas do juiz. Com certeza, ele sabe, seus advogados devem ter dito a ele, que, para obter uma condenação, é necessário um voto unânime do júri. Bastaria uma voz contra para que ele ficasse livre para ir embora. Pergunto-me quem poderá salvá-lo. Mas ele, de maneira surpreendente, parece preocupado com outra coisa. O júri o deixa indiferente.

Mas, então, em que está pensando afinal, com aquele ar tão concentrado?

Meus primeiros relatórios parecem agradar.
— Está vendo? Eu tinha razão — observa Paul. — É porque você não entende nada dos problemas judiciários que consegue interessar ao leitor que, por sua vez, não os entende mais do que você.

Charles aquiesce:
— Naquilo que você escreve há uma ignorância, uma inexperiência e uma espontaneidade que já não se encontram nos veteranos do tribunal.
— Vamos falar profissionalmente — digo. — Cada audiência me faz pensar em uma representação teatral. Tento detectar nelas a tensão dramática que lhes permitirá justamente progredir sem, no entanto, precipitá-las. Nesse sentido, também sinto que essa tensão deve vir do interior, sem artifício visível.
— A não ser pelo fato de que — diz Paul com sua voz grave —, no teatro, atores e espectadores

voltam para casa tranquilamente depois que o pano cai. Enquanto nesse caso...

Ele deixa sua frase em suspenso, mas compreendo que para ele, nesse momento, é tanto no jornal quanto no tribunal criminal que encontramos a verdadeira vida. Para mim, toda noite o acusado volta para a sua cela e, até o último minuto, ignora o que lhe reservam os dias que seguem até o epílogo. Mesmo o juiz permanece na incerteza.

— Em todo caso — diz Paul —, estou vendo que seu novo campo de ação lhe interessa. Talvez até mais do que o teatro?...

À noite, conto a conversa para Alika, que me leva para jantar em um restaurante vizinho.

— Paul está enganado — digo-lhe.

Ela não responde.

— Não acredita em mim? Está duvidando da minha lealdade?

— Como sempre, você me conhece...

— Mesmo nesse caso?

— Mesmo nesse caso.

— E por quê?

— Porque li seus artigos.

— E então? O que é que eles provam?

— São bons.

— Obrigado pelo elogio.

— Melhores do que suas crônicas teatrais.

— Digamos que estou trabalhando de outra maneira. Eu não conhecia nada do mundo judiciário. Nunca tinha refletido a respeito. Mas você sabe muito bem que podemos nos sentir atraídos por aquilo que nos é estranho.

— É possível.

Não entendo: por que ela está tão contrariada?

— Você acha mesmo que porque, de repente, me interesso pela justiça, vou renegar o teatro?

— Já não sei o que achar.

— Gostaria que eu parasse?

— É o que você quer que importa.

— Quero entender por que você está chateada comigo. Sou jornalista, sim ou não? Preciso ir aonde meus superiores me mandam. Se amanhã me mandarem para uma delegacia de bairro, não terei o direito de me furtar. É a mesma coisa com esse julgamento.

Alika franze as sobrancelhas, furiosa e como que magoada.

— Isso não tem nada a ver. Na sua delegacia, você faria seu trabalho, e talvez o fizesse bem, mas sem gostar dele. Já quanto a esse julgamento, você está feliz por assistir a ele. Feliz por falar nele. Feliz por mostrar seu talento. E sua nova paixão. Pronto: já não temos a mesma paixão.

— Você está enganada.

— Então me prove: volte ao teatro.

— Mas quantas vezes tenho de repetir a você? Quando chego ao tribunal, estou justamente no teatro!

— É mesmo? Quem é o autor da peça? O juiz? O réu? O público? Não me diga que todos improvisam, sem exceção...

— Sim, de certa maneira.

— Você está divagando.

Estamos no terceiro dia do julgamento. É nossa primeira briga de verdade. Outras se seguirão, mais ou menos fúteis, mais ou menos graves. Segundo ela, passo tempo demais longe de casa. Minhas explicações — já não sou dono do meu tempo: o tribunal, as entrevistas com advogados e espectadores, as pesquisas em biblioteca, as reuniões da redação — de nada valem. Não importa o que eu diga, ela encontra uma crítica. "Mesmo quando você está aqui, o que se torna cada vez mais raro, está distante."

Não compreendo o que está acontecendo conosco. Pela primeira vez, depois de muito tempo, ficamos irritados um com o outro. Muitos silêncios. Mal-entendidos. Descobertas: esses pequenos gestos que, antes, despertavam ou reforçavam nosso amor agora o diminuem. A maneira como abotoo a camisa. Seu modo de enxugar os lábios quando toma café. O charme já não faz efeito.

De fato, Alika não está totalmente errada em ficar chateada comigo. Alguma coisa mudou em mim. Uma semana atrás, ela ainda ocupava todos os meus pensamentos e preenchia minha vida, e, há alguns dias, de repente é esse julgamento que se tornou o centro. Mas ela também está enganada: não esqueci minha paixão pelo palco.

De resto, por causa das nossas discussões, estabeleci uma regra para mim: ir ao teatro, pelo menos, uma vez por semana, enquanto Alika, por sua vez, vai quase todas as noites. Sem deixar de estudar. Segundo ela, nosso professor e protetor partilha das suas apreensões a meu respeito:

— Ele se pergunta — disse-me ela um dia ao voltar de um espetáculo — se você ainda seria capaz de escrever uma crítica objetiva de uma peça na qual eu fizesse um dos papéis principais.

— Não sei.

— Mas você acha que isso poderia acontecer?

Um arrepio percorreu minha espinha: a lembrança de *As três irmãs*. Alika com um grupo de estudantes, em um pequeno teatro de amadores. Estaria sabendo? Não me deixo perturbar:

— Provavelmente. Poderia acontecer.

— E então? O que você faria?

— Você tem razão, e o professor também: eu teria um problema. Mas talvez não aquele que vocês imaginam. Eu me diria: se eu falar bem, vão dizer que é por sua causa. E, se minha crítica for severa, aqueles que não me apreciam vão zombar: vejam só, esse safado está humilhando a própria esposa.

— Então? Como pensa sair dessa?

— Que eu saiba, não vai ser amanhã. Temos tempo para refletir.

Mas, na verdade, prefiro não pensar no assunto.

Meu avô leu meus artigos. Eis seu comentário:

— Antigamente, na Judeia, na época em que o Templo ainda existia em Jerusalém, um tribunal de vinte e três membros reunia-se para deliberar sobre os casos em que a pena capital era requerida. E se o veredito de condenação fosse unânime, seria imediatamente anulado: era inconcebível que, entre os vinte e três juízes, não houvesse um único a tomar partido do pobre acusado, que, sozinho e desarmado, os enfrentava.

Eu lhe disse que teria gostado de assistir às deliberações deles para o jornal da época.

— Guarde esta lição, filho: quando a vida de um homem está em jogo, não é teatro.

Eu a guardei.

No tribunal, os especialistas predizem um julgamento relativamente curto. Poucas testemunhas serão convocadas a depor. No momento fatídico, segundo a acusação, o réu e seu tio estavam sozinhos. Ninguém viu Hans Dunkelman morrer. Segundo o que chamam de "provas circunstanciais", fornecidas pela polícia local, ele teria caído do topo de um planalto. Porém, acidente ou homicídio, o fato é que a declaração ambígua do seu sobrinho continua a perturbar a mente de todos. Como alguém pode se declarar culpado *e* não culpado? Em seguida, o jovem alemão se fecha no silêncio, enquanto os outros protagonistas se revelarão inesgotáveis. Em um julgamento, todo mundo quer ser ouvido. O único que parece não fazer questão disso é o personagem central, por quem tantos homens e mulheres se deslocaram. Desde as primeiras audiências, perguntei-me: será que, ao menos, ele fará o esforço de ouvir? Ele parece ausente ao público, a ele mesmo.

No quarto dia, conto a Paul minhas impressões sobre Sonderberg:

— É alguém que luta, mas não sei contra quem ou contra o quê.

— Contra o sistema?

— É possível.

— Contra o medo?

— Talvez.

— Se é culpado, corre o risco de ser condenado à pena capital e, no mínimo, à prisão perpétua. Não é uma boa razão para ter medo?

— É. Mas tem outra coisa, eu sinto. Atribua isso à intuição que o teatro ensina a cultivar. Em dado momento, ele olhou para uma mulher no júri. Captei seu olhar. E seu sorriso fugaz. Como se ele pensasse que, se os doze jurados fossem mulheres, ele seria condenado a fazer amor com cada uma delas.

— Um sorriso conquistador?

— Não sei. Acho que ele estava tentando desestabilizá-la. Mas, por um segundo, conseguiu desestabilizar a mim.

Paul não diz nada, perdido em suas reflexões.

Para minha grande surpresa, o que escrevo parece agradar aos leitores. Concebo as audiências como uma sucessão de atos ao longo dos quais os personagens entram em cena um após o outro. Cada início de sessão é um levantar de cortina, cada suspensão, um entreato; quando ordena ao público que se levante, o funcionário do tribunal segue um jogo de cena; todos os participantes desempenham seu papel, e eu, o meu, na única vez em que não sou crítico profissional, mas amador, mais ou menos esclarecido.

Só que, nesse tipo de peça, o desfecho não está escrito. Todas as repercussões são teoricamente possíveis e, para os jornalistas, até desejáveis, até a última cena. Lembremos a lei: basta que um único jurado tenha dúvidas quanto à culpa absoluta do réu para que a absolvição imediata seja pronunciada.

Mais uma vez, meu avô tem razão: na Judeia antiga, era mais prático. Mas não menos complicado. No Sinédrio, bastava que um único jurado se pronunciasse em favor da inocência do acusado, e era a maioria em favor da culpa que vencia. Portanto, o acusado tinha de rezar para que, se houvesse um único Sábio que acreditasse em sua inocência entre aqueles vinte e três juízes, ele encontrasse a unanimidade em favor da culpa, para que a inocência triunfasse.

Meu olhar vagueia pelo tribunal. Esforço-me para me familiarizar cada vez mais com o local e o ambiente que ali reinam. O juiz, o promotor, os advogados, o acusado, o escrivão: a presença de cada um se afirma à sua maneira e segundo sua personalidade. Os jurados, por sua vez, parecem ter o papel de um coro mudo: pouco à vontade, seria o caso de dizer que se perguntam o que foram fazer ali, em vez de trabalhar em seu escritório ou de passar o dia com a família. O que diria meu tio Meir se fosse jurado? E meu velho avô?

Embora o juiz tenha explicado aos ganhadores dessa loteria que estão cumprindo seu dever de cidadãos, pois cada indivíduo tem o direito de ser julgado por seus pares, ele não pode impedir que seu espírito vagueie.

Seus pares? Será que Werner os considera como tais? Lembro-me de que entre eles se encontra uma universitária negra de ar distinto, um motorista de táxi porto-riquenho, uma funcionária de shopping center, uma avó de origem irlandesa, um negro que trabalha na Wall Street (banqueiro, agente de câmbio, consultor?). Não têm nomes, apenas números. Todos os dias, vão ocupar os mesmos assentos, segundo uma ordem estabelecida pelo escrivão ou pelo funcionário do tribunal. Com o tempo, cada um adotará um comportamento específico, traços de caráter individuais. Porém, no início, formam um grupo compacto; impossível distinguir uns dos outros. Com um mesmo movimento, viram a cabeça para a direita, para a esquerda, para seguir o que se passa diante do juiz ou escrutar o rosto impassível do acusado.

Sam Frank, o promotor, é um antigo oficial da Marinha. Alto, esguio, de olhar duro, gesto brutal, ele encara esse julgamento como uma operação militar. Werner é o inimigo. A ser desmascarado, demolido a ponto de se tornar inofensivo para o resto da vida em uma cela escura e sufocante.

Aqui, nada subsiste das antigas tradições britânicas em que as diferentes partes usam perucas e borlas e se interpelam com cortesia fingida e excessiva, trocando títulos e elogios para melhor lançar suas flechas envenenadas. Em nossos tribunais, quando alguém se exprime, nunca se sente intimidado.

Dirigindo-se ora para o juiz, ora para os jurados, Sam Frank apresenta o dossiê da acusação com vigor e convicção. Para ele, nenhuma dúvida é possível: Werner Sonderberg é culpado pelo assassinato do seu tio Hans Dunkelman.

— É o que lhes demonstraremos ao longo deste julgamento que, esperamos, não se eternizará. A situação me parece absolutamente clara. O jovem Werner Sonderberg e seu velho tio Hans Dunkelman deixam Manhattan e vão para um hotel tranquilo nos Adirondacks. Por uma semana. Supostamente para conversar e descansar. Teriam discutido? Sim. É o que uma camareira irá lhes contar. Ela ouviu seus gritos. Um porteiro da noite também. Na manhã do dia seguinte, viram-nos sair. Passear. Respirar o ar puro da montanha. O que aconteceu lá em cima? O que se disseram? A partir de que momento suas palavras se tornaram violentas demais? Qual dos dois bateu no outro primeiro? Quem empurrou quem? A esta última pergunta, uma única resposta se impõe, uma vez que foi o corpo do tio a ter sido encontrado pela polícia. De que mais vocês precisam? Isso não lhes é suficiente? Que seja. Seu sobrinho, o acusado, voltou para o hotel. Sozinho. Foi sozinho que, pouco depois, voltou para seu apartamento em Manhattan.

Ele se interrompe. Silêncio dramático. Ao se voltar para os jurados, seu olhar se torna pesado:

— A acusação pensa que não é necessário acrescentar mais nada. Aliás, os senhores já ouviram: ele se reconheceu culpado. Os senhores conhecem, portanto, o assassino de Hans Dunkelman. Ele está diante dos senhores. Julguem-no em sua alma e consciência. Inflijam-lhe o castigo que ele merece.

Como se lhe obedecessem, os jurados olham para Werner. Eu também. Com a cabeça ereta, a testa erguida, ele não reage. O que estará sentindo? Quem está vendo neste momento? Seu tio? Seu rosto não passa de uma máscara de indiferença. Como se agora nada lhe interessasse. Como se seu futuro tivesse desmoronado, sua esperança, se dissipado, em um último ato de violência, ao mesmo tempo que a vida de um velho homem que fazia parte da sua família.

Por um instante, creio perceber um tremor nos olhos de Werner; ele parece procurar com o olhar alguém no público. Durou só um segundo, e, na verdade, ignoro se foi um movimento involuntário ou um sinal que ele estava endereçando a alguém em especial. Mas, graças a essa piscadela, pude notar a moça que o observa com um ar difícil de definir. Mais tarde, fiquei sabendo que ela se chama Anna. Não sei por quê, mas ela logo me interessou. Tão diferente de Alika. Mais sedutora? Alika também é, mas não do mesmo modo; quando se olha para ela, fica-se com vontade de ouvi-la falar. Essa outra mulher, não; é de contemplar como uma obra de arte, e isso basta. Elegante, altiva apesar da juventude. *Tailleur* cinza-escuro, sóbrio. Lenço azul. Belo rosto oval, óculos levemente coloridos, longos cabelos escuros, soltos em suas costas.

— O advogado tem a palavra — diz o juiz.

Michael Redford se levanta. Tudo nele parece exagerado. Cabeça pesada sobre ombros sólidos. Braços longos, mãos largas. Lábios grossos, sobrancelhas espessas. Após cumprimentar a Corte, volta-se para o júri, que ele escruta em silêncio por um bom tempo como que para condicioná-lo, prepará-lo para o que será dito:

— Senhoras e senhores jurados, no início deste julgamento, tenho pouco a lhes dizer, a não ser o seguinte: Werner Sonderberg se declara não culpado simplesmente porque é inocente. Não matou seu tio; não matou ninguém. Não é capaz de matar. Pretendemos prová-lo. E, para começar, propomos demonstrar aos senhores que a acusação não se baseia em nenhuma prova tangível. Um edifício construído sobre hipóteses confusas: ela não lhes apresentará nem testemunhas nem provas cabais. E agora, peço-lhes que não olhem para mim. Olhem, antes, para Werner, meu cliente, que veio para a América para construir seu futuro. Pelo que se sabe, não tem inimigos nem na universidade nem em qualquer outro lugar. Excelente aluno, sobrecarregado por seu trabalho, o assassinato não figura em seus projetos, apesar do que diz a acusação: ela vê nele um culpado e corre o risco de fazer dele uma vítima. Ele foi passar alguns dias na montanha com um homem que o conheceu dizendo ser seu tio. Em certa manhã, saíram para passear. Werner Sonderberg voltou sozinho para o hotel onde estavam hospedados. Na mesma noite, voltou para sua quitinete. Teria seu tio, que ficou para trás, sofrido uma queda? Teria cometido suicídio? Nada sabemos, tampouco a polícia. De fato, ela deveria ter procedido a uma investigação, a um interrogatório aprofundado, mas não a uma prisão. Em uma democracia como a nossa, não se prende um inocente apenas porque nos falta um culpado. O lugar de Werner Sonderberg não é aqui. Essa é nossa íntima convicção...

Lenta e imperceptivelmente, ele se aproxima do jovem acusado, talvez para estabelecer uma espécie de cumplicidade entre eles. Como se fossem um só. Bravo, mestre. Conhece seu ofício e o demonstra com perfeição, pelo que posso julgar. Os doze jurados o seguem com os olhos quando ele volta para seu lugar. Alguns parecem intrigados, outros, interessados. Dois deles, no entanto, precisam fazer um esforço para não demonstrar seu enfado.

E se eu fosse um deles? Se tivesse em minhas mãos a sorte e a honra desse jovem alemão? Pensamento perigoso, desonesto: ele me conduziria aonde me proíbo ir. Como este outro pensamento estranho que atravessa minha mente: poderia ser eu no banco dos réus? Ser como ele o assassino de um alemão? Logo o espanto. Eu não sou Werner Sonderberg. Nem seu duplo.

Sou eu.

Fico com meu avô e suas lembranças: o que ele teria me aconselhado? Que opinião teria tido desse jovem alemão? Ele está longe, mas o quero presente. Aprendi muito com ele; não: aprendi tudo. Não sabia na época, mas agora tomei consciência disso até sofrer as consequências.

Também penso em meu pai. Gostaria de saber o que ele pensa de Werner Sonderberg.

Um dia, quando, ainda muito jovem, eu passava da tristeza à depressão e já não falava com ninguém porque um amigo tinha traído minha confiança, ele me convidou a ir a seu escritório. Estava debruçado, como sempre, sobre uma obra empoeirada. Coloquei-me atrás dele para ler o que seu dedo me mostrava:

— É um texto do grande Rabi Kalonimus ben Aderet. Viveu em Barcelona, depois em Fez. Era contemporâneo e amigo de Paritus, o Caolho, de quem traduziu alguns poemas em sânscrito. Aqui, ele nos faz refletir sobre os poderes secretos do homem: não iluminou o sol, mas é quem mede tudo à sua luz; não inventou a noite, mas é quem a povoa com suas canções nostálgicas; não venceu a morte, mas é quem resiste a ela com cada sopro e cada oração. Como fragmento de poeira, ele sabe elevar-se acima das estrelas para aproximar a criação do seu Criador...

E meu pai, sem mudar de tom, encadeou:

— Lembre-se, meu filho: não sou eu que estou falando com você neste momento, é este grande poeta e visionário, próximo de Dom Itzhak Abrabanel, que teve de deixar a Espanha católica em 1492 porque fazia questão de permanecer fiel à nossa aliança com Deus. É ele quem lhe diz para não entrar em desespero...

Meu pai leu algumas passagens em silêncio antes de retomar o mesmo tom doce e grave, seguindo o mesmo ritmo lento e melancólico:

— E aqui está o que o Rabi Kalonimus ben Aderet lhe diz ainda: "Hoje vagueio, às vésperas do shabbat, sob o céu azul e terno da Itália. Aqui encontramos uma terra de acolhimento. Vivemos entre nós no gueto e estudamos a Lei de Moisés para que a cada passo ela nos guie rumo a Jerusalém. Certamente, não somos livres, mas sonhamos com a verdadeira liberdade; não somos felizes, mas nossa alma canta a alegria de poder nos lembrar dos tempos ensolarados de Davi e Salomão, dos apelos pungentes de Isaías e Jeremias à justiça e à generosidade... Apesar de tudo que vivemos, aqui ainda estamos abertos ao reconhecimento: nossos mais belos textos são aqueles de nossa gratidão..." Siga-me em meu caminho: olhe para este homem judeu e este menino; é um pai que conduz seu filho à escola; olhe para esta mulher e seu sorriso: ela pensa em todos aqueles de quem é descendente; olhe para este velho: ele sorri para o adolescente que era outrora, ao longe, que o acompanha rumo a um futuro cuja promessa é um raio de sol... Como podemos saber tudo isso e não gritar: obrigado, Senhor, por ter criado um mundo onde a felicidade humana está próxima da graça divina...

Amo meu pai. Quero que ele saiba disso. Para sempre.

Alika e eu fomos passar alguns dias em Long Island, na casa dos seus amigos Alex e Emilie Bernstein, ambos atores de cinema. Estávamos precisando. Muitas tensões têm perturbado nosso lar. Se damos a impressão de que ainda nos entendemos, é porque quase não nos dirigimos a palavra. Tão logo pronuncio uma frase, sei que ela será mal interpretada. Basta eu formular uma opinião para que ela suscite em minha mulher uma reação não apenas ofendida, mas ofensiva. Não é culpa sua, nem minha. É a vida. O amor-paixão é coisa para adolescentes. E já passamos da idade.

O primeiro dia começa sem incidentes: os deuses nos protegem. Fazemos as refeições juntos, e Emilie, de natureza curiosa, quer saber o que nos têm preocupado ultimamente:

— A política da administração americana — declara Alex. — É detestável. O mundo inteiro está contra nós. Basta ir para a Europa para se dar conta disso.

— Para mim, claro, é o teatro — diz Emilie.

— Quanto a mim — responde Alika —, tanto um quanto outro me afligem.

— No meu caso — digo —, o que lamento é que estejam ligados. A política do teatro é tão repugnante quanto o teatro da política.

— Vejam só com quem sou obrigada a viver — replica Alika. — Com um piadista.

Todo mundo ri. E se muda de assunto. Eu me fecho.

No jantar, um casal anglo-francês se juntou a nós. Falamos de jornalismo. Útil para a sociedade democrática? Honesto ou corrupto, como tudo mais? Fonte de informação confiável, instrumento necessário para se forjar uma opinião? Emilie e eu defendemos as mídias, sobretudo porque representam um elemento indispensável para proteger as liberdades individuais e coletivas. Alika é a mais violenta de nossos adversários. Raramente a vi tão feroz em seus julgamentos. Para ela, mesmo o melhor dos jornais desonra seus leitores. E começa a citar, para se apropriar da palavra de um grande diretor de jornal britânico, ao falar de uma célebre revista: "Ela já não é o que era... E, de resto, nunca o foi." E tenta nos convencer de que isso vale para todas as publicações, sem exceção. Alex a aprova. Seus convidados também. Emilie e eu resistimos corajosamente. Alika se inflama:

— Como vocês podem defender todos esses jornais e semanários? Até parece que vocês não leem! Até as páginas culturais são politizadas em excesso. Quanto aos suplementos literários, o que mais eles nos ensinam além de "viva a camaradagem!"? Onde está a retidão moral nisso? E o direito à verdade?

Confesso que fico surpreso. Não esperava essa torrente de palavras pomposas em sua boca. Definitivamente, já não estamos do mesmo lado.

Calma e determinada, Emilie continua seu contra-ataque citando fatos: tal escritor que colabora com tal jornal, podemos mesmo suspeitá-lo de desonestidade? E tal professor que escreve em tal revista? Podemos sinceramente duvidar da sua integridade?

Sem se incomodar nem um pouco, Alika responde, dando de ombros:

— Sim, podemos. E devemos.

— Em outras palavras — observa Emilie —, todos são culpados até que se prove o contrário; é isso?

— Não — concede Alika. — Eu não chegaria a esse ponto. Mas sustento que, como leitora, tenho o direito de me interrogar sobre sua concepção da ética.

Após a refeição, retiramo-nos para nosso quarto. É tarde. Estou com vontade de dormir. Mas sei que não conciliarei o sono. Alika está zangada. Se entendi direito, eu não deveria ter me oposto a seus pontos de vista:

— Você se aliou à Emilie. Vocês formam um belo casal.

— Não seja tola. Está com ciúme?

— Não... Estou sim... Estou chateada com você por ter estragado nossa visita aqui.

— Porque compartilho da opinião de Emilie sobre um ponto preciso?

— Não. Porque está mais próximo dela do que de mim.

— Dela? Claro que não. Só de algumas de suas ideias.

— Antigamente concordávamos sobre todos os assuntos.

— Existem alguns sobre os quais ainda nunca tínhamos falado. Aí está a prova...

— Antigamente você me amava.

— E agora?

— Agora você me ama menos. E de um jeito diferente.

— Não vá me dizer que está achando que estou apaixonado pela Emilie!

— Não. Só acho que você poderia estar. E que já não me ama como antes.

Silêncio pesado. Noite agitada. Cada um fica no seu canto.

Falando em ciúme...

Entra em cena a bela e terrível Kathy, uma das secretárias das páginas culturais: cerca de trinta anos, morena, esbelta, ágil, cabelos ondulados, olhos risonhos, liberdade de tom e língua viperina. Trabalha feito louca e adora se queixar de ser tratada (por ela mesma?) como escrava. O boato corre, e ela acredita, talvez com razão, que todos os homens da redação estão perdidamente apaixonados por ela. E se diverte para valer com isso:

— Ah — suspira com frequência —, todos esses corações partidos... Eu precisaria de um grande cirurgião para colá-los... E esse cirurgião sou eu. Mas não tenho tempo de me ocupar de cada caso desesperado.

Há muito tempo sou um dos seus alvos preferidos. Ela não para de me provocar, talvez por eu não fazer parte da sua corte. Ela me agrada; nada além disso. Chama-me de "o asceta", e não tenho coragem ou vontade de desiludi-la.

Uma noite, ao voltar do julgamento e acreditando estar sozinho em meu escritório, trabalho em minha crítica quando sinto uma mão pousar no meu ombro: provavelmente um colega que se demorara.

É Kathy. Vem de um andar superior, onde redatores preparam um suplemento literário.

— Diga que está apaixonado por mim.
— Tenho horror a mentiras.
— Então diga que me ama um pouco.
— Por que eu diria isso?
— Porque preciso.

Poderia responder-lhe que eu também estou precisando que alguém me diga o mesmo, mas prefiro abreviar a conversa:

— Tenho de terminar este texto. Depois lhe digo tudo que você quiser ouvir.

— Estou com tempo. Vou esperar.

Sei que, nesta noite, Alika vai voltar tarde: está assistindo ao ensaio de uma peça encenada por uma amiga.

— Estou no terceiro rascunho. Temo ainda levar uma hora para terminar.

— Deixe-me ver.

Ainda de pé, ela se apodera das minhas páginas, franze as sobrancelhas ao lê-las, pega uma caneta para marcar algumas correções e as entrega a mim:

— Aqui está seu artigo. Agora está bom.

Naturalmente, ela tem razão.

— Como recompensa, vamos tomar um café juntos.

— Tudo bem. Aonde vamos?

— Bom, por que não na minha casa?

Lanço-lhe um olhar estupefato:

— Você sabe muito bem que não sou livre, que sou casado.

— Não ignoro nada do que lhe diz respeito. Mas não tenha medo: não tenho a intenção de deflorá-lo.

— Que pena — digo.

Desatamos a rir; eu, embaraçado, ela, insolente. Depois deixamos a redação. Seu apartamento não é muito longe. Vamos até lá a pé.

Noite de primavera, calma e límpida. Estudantes em mangas de camisa obstruem as calçadas. Os restaurantes e algumas lojas ainda estão abertos. O que diria Alika se aparecesse agora à nossa frente? Melhor nem pensar. De resto, chegamos.

— Moro no sexto andar. Esperamos o elevador? Não é rápido.

— Vamos subir a pé.

Kathy é mais vivaz do que eu. Sigo-a com dificuldade. Modesto apartamento decorado com gosto. Sala, cozinha e quarto. Deixo-me cair no sofá, sem fôlego. Pergunto-lhe se ela conhece a anedota sobre Sarah Bernhardt, que, quando jovem, morou no primeiro andar e, quando velha, no quinto: "Sempre quis que o homem que me visitasse tivesse palpitações."

— Ainda não sou velha — diz Kathy. — E, se seu coração bate muito forte, deixe-me escutá-lo.

— Que eu saiba, você não é médica.

— Talvez curandeira.

Ela nos traz bebida e se instala a meu lado.

— Em que está pensando? No seu artigo?

— Não. Estou pensando em Werner.

— O assassino?

— O jovem acusado de assassinato.

— Por que está pensando nele agora em vez de pensar em mim?

— Eu me pergunto se, depois de vê-lo sorrir, você faria amor com ele.

— Que pergunta mais esquisita. Muitas vezes se diz que, em todo ato homicida, há um componente erótico. Para agradar a você, se a ocasião se apresentar, estou pronta para passar aos trabalhos práticos, como se dizia na faculdade. E eu lhe informaria o resultado.

— Nesse caso, a teoria não me basta. Suas aplicações não me interessam.

Kathy coloca seu copo sobre a mesa e me escruta por um bom tempo com seu olhar que se diverte ao me submeter a um interrogatório rigoroso em tom de escárnio:

— Faz um bom tempo que nos conhecemos, meu caro. Você nunca me paquerou, está sempre me evitando. Que fique claro que você não faz o meu tipo, pode ficar tranquilo. Não estou tentando seduzi-lo, mas você me interessa. Fico olhando para você, observando. Você me intriga. Vive em um mundo todo seu; entrada proibida a pessoas estranhas. Agitado, nervoso, melindroso: nunca está satisfeito, nunca está feliz. Por que você é tão fechado, teimoso, insensível ao calor e à beleza do mundo? Por que rejeita os prazeres simples? Por que repele o que lhe é oferecido? Por que se prende à sua solidão? Parece até que, em cada mulher, você vê um perigo, uma inimiga. E a cada instante de alegria, uma traição. Por quê? Eu gostaria de entender.

O que responder?

Vindo de Kathy, eu não estava esperando essa avalanche verbal marcada por gravidade. Em geral, ela se exprime com mais leviandade e despreocupação. Será que fala desse modo tão brutal com os outros colaboradores do jornal? Estaria me fazendo um favor para adular meu amor pelo teatro? Na verdade, ainda que eu não queira admitir, eu estava preparado para qualquer outra coisa, um começo de flerte, talvez, com o risco de repeli-lo para o mais longe possível... Sim, eu estava pronto. Decepcionado? Com sua análise da minha pessoa ou com sua declaração de que eu não fazia seu tipo? Afinal de contas, Kathy é atraente. E sensual. Será que eu deveria ter dado o primeiro passo mais cedo?

— Por que você age como se gostasse de mim?

— Porque você está distante — responde ela —, e a distância me atrai. Porque, pelo menos para mim, você é um estrangeiro. Um estranho estrangeiro.

De repente, penso em Alika, que não deveria tardar em chegar em casa. Pouso sobre Kathy um olhar pesado de remorso:

— Não posso responder a todas as suas perguntas. De resto, não é o momento.

— Está querendo dizer que, em outra hora, vai me responder?

— Talvez.

— Quando?

— Não sei. Preciso voltar para casa. Mas, antes de ir, você conhece aquela história comovente das duas gotas d'água...

Interrompo-me.

— Duas gotas d'água que... — insiste ela.

— Que conversam. Uma diz: "E se a gente fosse dar uma volta, em busca de aventura, para descobrir a imensidão do mar?" "Vamos lá", responde a outra. Uma eternidade mais tarde, elas se reencontraram em cima da minha mesa. Entendeu? Para elas, um copo d'água é o oceano...

Dirijo-me à porta. Ela vai abrir. E nesse momento, na soleira, movido pelo desejo do proibido, eu a beijo. Será que ela vai me impedir? Ao menor gesto de sua parte, será que vou juntar-me a ela? E fazer Alika esperar? Para puni-la?

Kathy deixou-me ir embora. É verdade: não faço o seu tipo. Episódio encerrado? A menos que o destino decida acrescentar a ele um novo capítulo. Mas, e ela, faz o meu tipo? E Alika? Não vamos mais pensar nisso. Como diz o provérbio que meu avô adora citar: "O que a razão não pode fazer, o tempo fará."

Na verdade, as mulheres e eu não nos damos bem. Como as crianças quando escolhem sua futura profissão, por muito tempo sofri de uma indecisão crônica. Eu pulava de uma para outra, sem que elas se dessem conta. Loira em um dia; a mulher dos meus sonhos era morena no dia seguinte. Ora séria, ora hedonista. Altiva de manhã, sedutora à noite.

Tenho de admitir ou, pelo menos, perguntar-me: se Alika e eu ficamos juntos por tanto tempo, talvez seja porque, por fazer teatro, ela consiga encarnar todas as mulheres, mesmo aquelas que não se assemelham a ela em nada.

E agora, teria chegado a hora de mudar de papel, de peça ou de cena? De descer o pano? No fundo, sei a resposta: estamos apenas no entreato. Gosto de Alika. Quero envelhecer a seu lado. Ela não gosta dos meus artigos sobre o julgamento? Vai acabar se habituando.

Na verdade, pela primeira vez há anos, sinto-me bem em meu novo papel. Graças ao julgamento, há alguns dias meu nome aparece na primeira página. Falam de mim. Mostram interesse pela minha opinião. Colegas anônimos ou familiares me reconhecem como um deles. Eis que acabei me tornando — por quanto tempo? — um "membro da confraria", indispensável. Teria o jornal tomado o lugar da minha mulher em minha existência?

No Palácio. Sala de audiência número 12. Jurados e advogados, promotor e testemunhas: todos os personagens do drama estão presentes. Elisabeth Whitecomb, a recepcionista do Hotel da Montanha, mulher gorda mas bonita, visivelmente contente de ser o ponto de mira de tantos observadores, descreve em tom prudente e sério seus breves contatos com o acusado: ele vestia um terno cinza-escuro. Poderiam tomá-lo por um jovem professor, mais do que por um estudante. Tinha um ar inteligente, calmo. Pouco loquaz, mas cortês.

O promotor:

— A senhora o viu sozinho?

Elisabeth Whitecomb morde os lábios para se concentrar melhor:

— Não no início da sua estadia. Estava com um homem mais velho. Do tipo alto funcionário ou industrial. Rico, era o que se via pelo seu terno. Era Hans Dunkelman. Seu tio. Educado, afetado.

— Como sabe que era o tio do acusado?

— Foi o que o acusado me disse.

— Em que termos?

— Pediu dois quartos. Um para ele, outro para o tio.

— O que pensou dele?

— Ele me causou boa impressão. Amável. Culto. Com boas maneiras.

— E o tio?

— Impaciente. Reservado. Deixava o sobrinho falar. Não abriu a boca.

— Mostrou a eles os quartos?

— Só o do tio. O sobrinho fazia questão de se assegurar de que lhe convinha. Quanto ao seu, contentou-se em receber a chave.

— Quando chegaram?

— Eu já disse aos inspetores: no dia 28 de maio.

— De manhã ou à tarde?

— No início da tarde. Estavam com fome. Disse a eles para se apressarem porque o restaurante ia fechar.

— Foram comer?

— Não de imediato. Primeiro foram se lavar.

— Desceram juntos?

— Não. O sobrinho... Perdão: o acusado voltou depois de cinco minutos; seu tio, um pouco mais tarde.

— Chegou a conversar com o acusado?

— Cheguei.

— Sobre o quê?

— Sobre o tempo, claro. É o tema que interessa a todos os nossos clientes. Sem exceção.
— A senhora lhe perguntou de onde vinha?
— Eu sabia. De Nova York. Manhattan.
— Como sabia?
— Li sua ficha, ora.
— E a do seu tio?
— Também.
— O que dizia?
— Que morava na Alemanha.

Metodicamente. O promotor guia sua testemunha para as conclusões às quais quer chegar.

— Quanto tempo previram ficar no hotel?
— O quarto estava reservado para uma semana. Em nosso hotel, é a regra. Não podemos reservar por menos tempo.
— E quanto tempo ficaram? A semana inteira?
— Não. Apenas três dias.
— E depois?
— Depois, o quê?
— Quando os viu pela última vez?
— Juntos? No dia 31. De manhã. Estavam indo passear na montanha. Sugeri-lhes que tivessem cuidado. Há locais perigosos. Pode-se escorregar e cair no barranco.
— O que eles responderam?
— O sobrinho... Perdão: o acusado me agradeceu.

— E depois?
— Não devem ter seguido meu conselho. Resultado: o tio morreu.
— Poderia repetir o que acabou de declarar?
— Tudo?
— Apenas a última frase, referente ao acusado.
— ... Então, o tio morreu.
— Assassinado.
— Sim, assassinado.
— Como sabe?
— Foi o senhor que acabou de dizer.
— Voltou a ver o acusado?
— Voltei.
— Quando?
— No mesmo dia. Algumas horas mais tarde. Ele foi pegar suas bagagens.
— A senhora deve ter ficado surpresa.
— Na hora, pensei que talvez seu tio tivesse decidido continuar sozinho o passeio. Eles tinham levado sacos de dormir e comida. Tive a impressão de que haviam previsto passar a noite na montanha. Estudantes fazem isso algumas vezes.
— E o acusado não falou com a senhora?
— Ele foi logo para o seu quarto. Parecia calmo.
— Enquanto seu tio já estava morto.
— Eu ainda não sabia.

— Mas ele, sim — exclamou o promotor. — Seu comportamento não a surpreendeu?

Michael Redford, advogado de defesa, levanta-se para protestar:

— Meritíssimo, o promotor está ultrapassando os limites! Está incitando a testemunha e ditando-lhe suas palavras...

O juiz lhe dá razão. O promotor deve retirar sua pergunta.

— Que seja. Então, o acusado voltou sozinho. Falou com a senhora a respeito do passeio?

— Não. Simplesmente pediu a conta. Acrescentou que era obrigado a encurtar sua estadia e voltar a Manhattan.

— Não lhe explicou por quê?

— Não. Pagou com seu cartão de crédito e entrou no mesmo táxi em que tinha chegado.

— A senhora notou alguma coisa estranha em seu comportamento?

— Ele parecia estar com pressa de ir embora.

— Estava menos cortês? Nervoso? Angustiado? Perturbado?

— Educado como antes. Mas impaciente para ir embora.

— Foi o que a senhora pensou naquele momento. Mas, hoje, conhecendo as acusações que pesam sobre o acusado, existe alguma coisa que lhe volta à mente? Um detalhe? Um gesto insólito da sua parte? Um sinal? Uma palavra que, de repente, pudesse ter outro sentido?

Consciente da importância da pergunta, a recepcionista refletiu por um bom tempo antes de continuar:

— Ele me pareceu triste.

— Triste? Como assim, triste?

— Triste e desorientado. Como uma criança perdida, longe de casa.

— A senhora está querendo nos dar a entender que é normal um homem que acaba de cometer um crime abjeto sentir-se triste?

— Não. Quero dizer que, ao saber de tudo isso, de tudo pelo que o condenam, lembrei-me de que ele parecia uma criança tomada por uma grande tristeza. Uma tristeza obscura que o esmagava, por assim dizer.

— Pois bem, mantenho que é exatamente o que sente um jovem bem-educado, de boa família, que acaba de se descobrir um assassino.

Satisfeito com sua conclusão, o promotor volta-se para os jurados e diz:

— Não tenho mais perguntas a fazer à testemunha.

Volta a seu assento e cochicha algumas palavras à sua assistente, sentada à sua esquerda. Ela balança a cabeça sorrindo, enquanto o juiz se volta para a defesa:

— E o senhor, advogado? Pretende interrogar a testemunha citada pela acusação?

— Certamente, Meritíssimo. Com a permissão da Corte, eu gostaria...

— Agora não — interrompeu o juiz. — Depois do almoço.

Durante toda essa cena, Yedidyah não parou de observar o acusado, que não traía nenhuma emoção. Estaria o jovem alemão apreciando o retrato que a recepcionista do Hotel da Montanha fazia dele? Estaria irritado com as acusações do promotor? Como se o magistrado falasse não dele, Werner, mas de alguém que, usurpando sua identidade, teria invadido toda a sua pessoa. Mas como imaginar tal substituição de papel? Ela só é concebível em um ator. Como eu poderia fazê-lo?, perguntava-se Yedidyah: Napoleão, encarnado no palco, serve-se do ator como este se serve do imperador. Estaria Descartes errado? O eu que pensa não é necessariamente o eu que é. Quem, então, é Werner Sonderberg? Onde está, neste momento em que sua vida está em jogo? Para que lugar o conduz seu pensamento, para que trevas?

Afinal de contas, se esta sala de audiência tornou-se o centro do mundo para todos aqueles que nela se encontram reunidos, o acusado Werner Sonderberg, por sua vez, teria todo o direito de virar as costas para nós, como para exprimir seu desdém ou seu desespero, enquanto do lado de fora, ao longe, a vida segue seu curso imutável. Tempestades sobre Chicago. Incêndios no Arizona. Acidentes nas estradas e assaltos. Depois, como se tivessem sido programados desde a criação do mundo, conflitos homicidas na Ásia, na África e no Oriente Médio.

Culpado ou inocente? Estaria Werner Sonderberg brincando com as palavras ao se declarar "não culpado mas não inocente"? O que quer dizer? Que é inocente, mas também um pouco culpado? Dá para ser as duas coisas ao mesmo tempo? Como a razão aceitaria isso? Poderia Deus não sê-lo? Poderia o anjo da morte deixar de sê-lo? Poderia morrer? No teatro, quem poderia encarná-lo para torná-lo visível? Um palhaço, talvez? Ou um objeto? Como um diretor, por mais genial que fosse, conseguiria, ao apresentá-lo, suscitar no público a angústia derradeira e o apelo desesperado à fé que se recusa a apagar-se?

Yedidyah dizia a si mesmo que queria ter entrevistado o acusado. De repente, esse encontro lhe pareceu urgente, essencial. Do mesmo modo como, quando estudava arte dramática, obstinava-se em interrogar o personagem que interpretava, agora estava convencido de que, para narrar o julgamento de maneira adequada, era preciso conversar com aquele que, melhor do que ninguém, tinha a chave da verdade. Mas as regras são inflexíveis. Ninguém pode dirigir-se ao acusado durante o desenrolar do julgamento. Exceto o advogado de defesa. "E minha mãe que sonhava com minha carreira de advogado." E se o jornalista declarasse sê-lo? O ator que havia nele não poderia substituir o cronista, nem que fosse por uma ou duas horas?

Visita-relâmpago à redação. Kathy lhe propôs seu sanduíche de queijo:

— Como antepasto — disse ela com uma piscadela maliciosa.

— Obrigado. Mas prefiro mesmo uma refeição.

— Um dia, você vai ter direito aos dois. Mas, antes, dê um pulo na sala de Paul Adler. Ele está esperando você.

Em mangas de camisa, o redator-chefe estava ao telefone. Desligou assim que viu Yedidyah:

— E então? — disse-lhe rindo. — Ainda está muito bravo comigo por eu ter colocado esse fardo em seus ombros frágeis?

— E você? Não está muito bravo comigo por eu ter aceitado?

— Até agora, você tem se virado bem.

Os dois amigos gracejaram por um momento; depois, Paul recobrou a seriedade:

— Esse julgamento já tem mais de uma semana. Acha que ainda vai levar muito tempo?

— No início, os especialistas falavam de uns dez dias. O pano vai acabar caindo, mas não sei quando.

— Mas o cara... é convincente? Onde você o veria: em uma tragédia grega ou em um drama de Shakespeare?

— Difícil de responder. Será que é culpado do que o acusam? Não faço ideia. Será inocente, ou seja: não teria desempenhado algum papel na morte trágica do tio? Não tenho opinião. Na verdade, estou completamente confuso.

— E eu estou constatando a influência do teatro sobre você. Como esses dramaturgos, você não gosta de usar o termo "crime". Fala de paixão, de fatalidade. Mas o tribunal precisa julgar a intenção e o ato criminosos de um homem que, até agora, contentou-se com uma declaração bizarra. Falando claramente: na sua opinião, quanto tempo esse joguinho de "culpado e não culpado" vai durar?

— Como é que vou saber? Estamos no final da primeira semana. Por enquanto, as coisas não andam boas para o acusado. O que você quer? Os jurados veem as coisas com simplicidade: os dois homens deixaram o hotel juntos e só um voltou.

— E o cara, como é que vai se explicar?

— Se ele sabe a resposta, está guardando-a para si. Tenho a impressão de que alguma coisa o impede de se defender.

— O quê? Não pode declarar que teve um acesso de loucura, um impulso incontrolável, que tinha dormido mal, comido mal, bebido muito ou qualquer outra coisa? Que o velho tinha tentado seduzir sua noiva?

— Não o vejo contando isso. Não faz seu gênero.

— E o que faria seu gênero?

— Não tenho ideia.

Paul refletiu um pouco, depois disse:

— Esse sujeito está me parecendo cada vez mais interessante. Seria bom saber mais sobre ele.

— Disse a mim mesmo que eu deveria encontrá-lo, entrevistá-lo. Não é fácil. Seria possível? Permitido? E se a gente perguntasse a um especialista? A seu cronista jurídico de sempre, por exemplo?

Paul pediu a Kathy que chamasse este último. Ela respondeu que ele não se encontrava. Estava de férias. Incomunicável.

— Entre em contato com os advogados de Sonderberg — concluiu Paul. — Diga-lhes que uma conversa com o cliente deles poderia lhe ser útil.

Yedidyah lhe prometeu que o faria.

Ao retomar a audiência, o juiz preveniu Elisabeth Whitecomb de que ela continuava a depor sob juramento. Ela parecia um pouco nervosa. Ou inquieta. Talvez temesse o contrainterrogatório do advogado de defesa. No entanto, Michael Redford não manifestou nenhuma agressividade. À sua maneira, e exceto por algumas nuanças, fez-lhe perguntas às quais ela já havia respondido. Teria ela descoberto uma tensão qualquer entre o jovem viajante e seu tio? Não, respondeu. Não estaria Werner preocupado com o bem-estar do seu companheiro mais velho? Teria ela sido informada, talvez por uma camareira, de que os dois homens haviam discutido? Não. Essa camareira teria empregado o termo "discutido"? Não exatamente. Outras perguntas anódinas do mesmo tipo se seguiram, trazendo as mesmas negativas. Em seguida, como para fechar o círculo, o advogado lhe perguntou:

— Quantas vezes a senhora viu Werner Sonderberg no hotel?

— Várias vezes. Quando ia ao restaurante ou saía para passear, parava para conversar um pouco.

— Sobre o que gostava de falar?

— Sobre o tempo. Sobre a atualidade. Sobre a beleza das montanhas.

— Que impressão ele lhe dava?

— De ser atento. Cortês. Amável.

E um último diálogo concluiu o contrainterrogatório:

— Quando o jovem alemão deixou o hotel, a senhora pensou que ele pudesse ter matado o tio?

— Não. Naquele momento, ninguém sabia que o senhor de idade tinha morrido.

— Acha que ele teria sido capaz de cometer um assassinato?

— Não — respondeu, após uma hesitação.

— Por que não?

— Por que sim?

Interrompeu-se antes de encadear:

— Onde fico, na recepção, recebo muita gente, homens e mulheres, americanos e estrangeiros. Meu olhar é um instrumento de trabalho.

— Obrigado, senhora, isso é tudo — disse o advogado, voltando a se sentar.

O juiz apressava-se em despachar a testemunha, quando o promotor se levantou:

— Meritíssimo, posso fazer uma última pergunta à testemunha, só uma? Agradeço.

Voltou-se para Elisabeth Whitecomb:

— Entre todos os seus clientes, homens e mulheres, que a senhora observou em seu hotel, algum deles já foi acusado de assassinato?

— Não — respondeu a funcionária da recepção. — Não creio.

O promotor voltou a se sentar após um gesto da mão na direção dos jurados: para ele, as coisas estavam claras.

"Não se esqueça de que o leitor não se contenta em observar o acontecimento; ele quer participar dele", disse-me Paul muitas vezes. Não quero mesmo esquecer. Mas como fazê-lo? Começo a duvidar da minha capacidade jornalística.

Fim de tarde. De volta ao jornal, redijo meu relato sobre a audiência. Não estou satisfeito. Certamente resumo as intervenções da acusação e da defesa, descrevo o comportamento do acusado, o ambiente dos corredores, a atitude impassível do juiz e a reação do público. Mas sinto que falta alguma coisa: não consigo fazer sentir que uma vida inteira, com seus mistérios e suas lacunas, que um futuro também, com suas infinitas possibilidades, foram postos na balança. Uma frase cuidadosamente pesada, uma palavra inoportuna, e ela pende para o lado bom ou ruim. Um sentimento de frustração toma conta de mim enquanto me releio. Se um ator — eu? — lesse meu texto no palco, tenho certeza de que os espectadores começariam a se agitar em suas poltronas, a pigarrear para dissimular sua impaciência.

Parar no meio do caminho essa experiência nascida no cérebro do meu amigo Paul Adler? Pedir-lhe que me libere? Não ouso decepcioná-lo. Desincumbir-me para que Charles Stone, o chefe das informações, fizesse sozinho o trabalho ingrato? Não seria honesto. Como me dizia meu avô há muito tempo: não nos cabe começar; o começo é privilégio do Criador. Mas ele nos incumbe de recomeçar. Assim, vô, é o que você quer? Não vou parar no meio do caminho.

No entanto, sou forçado a confessar, nem que seja só para mim mesmo, que este não seria meu primeiro fracasso; até então, eu tinha a sensação de fracassar em quase todas as minhas tentativas. Mesmo com Alika, nossas brigas são a prova. Sinto-me frágil, fraturado. Preso. Pergunto-me por quê. Mas sem ter realmente vontade de saber a resposta.

Mentalmente, percorro a lista das minhas falhas mais evidentes e dos meus medíocres triunfos. Filho mais ou menos dócil, estudante mais ou menos aceitável, ator fracassado, jornalista de pena ainda atrapalhada, amante frustrado, marido perturbado. Eis o lado negativo. Quanto ao positivo: uma espécie de sinceridade, de coragem e de necessidade de lucidez. Quando me lanço em uma aventura, não aceito a meia medida. Quando amo, amo de corpo inteiro, de alma inteira: mas, por quanto tempo? Quando tenho um amigo, sou-lhe inteiramente devotado. A meus parentes, creio ter dado toda a afeição de que sou capaz. O ser que mais me emocionou? Meu avô; sua imagem permanece intacta em minha memória. Por ele ter sofrido? Antes, por ele ter sabido canalizar seu sofrimento e vencê-lo sem traí-lo. E meu pai? Quando penso nele, a mesma emoção aperta meu coração. Porque... o quê? Porque, simplesmente.

Isso não significa que não amo minha mãe, meu irmão Itzhak, sua mulher, Orli, ou meu tio Meir... Amo todos, mas de maneira diferente. Mais precisamente: era meu avô que eu amava de um jeito diferente.

Uma história, lida em algum lugar, volta-me à mente. Uma jovem está à janela e diz a si mesma: "Amo meus pais, amo meus primos, amo meus amigos, amo todo mundo, menos eu. Sou eu que não amo". E se joga da janela.

Essa imagem me perturba. Para afugentá-la, volto a pensar no meu avô. Ele nunca reclamava de nada, não pedia nada e não esperava nada de mim que não estivesse em harmonia com aquilo que, em meus sonhos, eu desejava para mim mesmo... É um sábio, meu avô. Eu disse bem: um sábio, não um santo. Foi com ele que aprendi que é preciso desconfiar dos santos.

Foi dele que recebi o desejo de aprofundar, sem descanso, a obra secreta de Kalonimus ben Aderet, cujos aforismos nutrem meu pensamento, minha busca, minha necessidade de acreditar no próximo e em mim mesmo.

Quando o julgamento terminar, digo a mim mesmo, vou me recolher sobre seu túmulo. Que ele me guie para horizontes onde, com um pouco de sorte e se a audácia não me escapar, já não serei um ser fracassado.

No sétimo dia, foi a vez de o motorista de táxi que levara Werner à estação ser convocado ao tribunal. O mesmo que o pegara no trem, na chegada. Originário do México, carrancudo, visivelmente descontente por perder seu tempo e o dinheiro das corridas com essa história de tribunal, nem olhava para o acusado; era seu relógio que ele consultava sem parar.

O promotor perguntou-lhe se já tinha visto o acusado. Resposta afirmativa. Em que circunstâncias?

— Fui eu que o levei de volta à estação.
— Ele falou com o senhor?
— Falou.
— Quando?
— Na chegada.
— O que lhe disse?

— Uma palavra. "Quanto?"
— Foi tudo?
— Foi tudo.
— Como estava?
— Como assim?
— Estava de bom humor? Inquieto? Deprimido? Preocupado? Perturbado?
— Sei lá. Não olhei para ele. Nem pelo retrovisor.
— Perdido em seus pensamentos, como se alguma coisa de grave acabasse de lhe acontecer?
— Já disse: não olhei para ele.

O promotor agradeceu. Michael Redford assumiu o turno e fez exatamente as mesmas perguntas à testemunha. Depois, explicou sua atitude ao júri:

— Simplesmente quis mostrar aos senhores que a testemunha não compreendeu essas perguntas breves, insistentes e repetitivas. Mas, assim como eu, os senhores jurados entenderam que o senhor promotor estava querendo obter da testemunha respostas que não existem. Em outras palavras: não avançamos nem uma polegada.

Outras testemunhas foram chamadas: serventes do restaurante, camareiras, clientes do hotel, policiais, inspetores, médicos-legistas. Mas faltavam vigor e ardor aos duelos entre o promotor e a defesa.

Sobreveio, então, o golpe de cena que devia pôr fim à minha carreira de cronista jurídico.

Dois depoimentos vieram lançar uma nova luz sobre os debates: o do médico-legista e o do porteiro do imóvel nova-iorquino onde Werner tinha sua quitinete.
Nesse caso, excepcional, as autoridades competentes foram postas em xeque.
Golpe de cena — é o caso de dizer. As datas e os fatos não coincidiam.
Na hora em que Hans Dunkelman morreu, Werner Sonderberg já se encontrava em seu quarto em Manhattan.
Em meu último relato, evoquei o zum-zum-zum da sala. O furor do juiz: tinham zombado dele; tinham feito com que ele perdesse seu tempo. A satisfação dos jurados: podiam voltar a seus prazeres, a suas ocupações. Os sorrisos dos advogados de defesa. A felicidade da noiva. E também a ausência de alegria no acusado.
Por quê?
E por que, em suas primeiras respostas ao juiz, ele declarara sob juramento que era ao mesmo tempo culpado e não culpado?
Conclusão da minha reportagem: não somos todos, ainda que pouco, em um momento ou em outro, culpados mesmo sendo inocentes?

Ator, jornalista, aventureiro, Yedidyah experimentou de tudo, fez de tudo para orientar-se e reorientar-se na vida. Amante, depois marido, estudante, pai: tudo que fazia, gostava de fazê-lo com um sentimento de total abandono. Quando escrevia ou passeava com os seus dois filhos no Central Park, só pensava neles e em seu futuro. Mesmo quando nada fazia, espantava da sua mente tudo mais para ficar plenamente consciente da sua ociosidade. Enfrentando o vazio dentro de si, gostava de ser seu centro.

Um dia, de pé diante da janela, estava olhando as nuvens que se uniam e se dilaceravam, cavando buracos grandes e pequenos no céu.

— O que você está fazendo, pai? — perguntou-lhe o pequeno Dovid'l.

— Não está vendo? — respondeu-lhe o pai. — Estou trabalhando.

— Em quê?

— Estou estudando o vazio.

Complicado demais para uma criança? Yedidyah explicou-lhe:

— No vazio, filho, tudo tem um sentido. Mesmo aquilo que possa lhe parecer insensato. Por isso é mais difícil descobri-lo.

Dovid'l renunciou a compreender e voltou para seu quarto.

Talvez tenha chegado o momento de revelar que meu avô, esse homem que tanto amei, não é meu avô; Rabi Petahia não é meu antepassado; meus pais não são meus pais. Os meus morreram. O inimigo os matou quando eu era bem pequeno. História estranha? Singular? Não exatamente. A literatura está cheia delas. Quando a Tragédia é evocada, a lei das probabilidades é ridicularizada. No bem e no mal, o imaginário rasteja atrás da experiência vivida. Inúmeras histórias que achamos improváveis e impossíveis permanecem verdadeiras apesar de tudo. Somente os detalhes, as datas e os nomes diferem. O resto... Foi assim com a minha primeira infância, da qual meus pais adotivos acabaram por levantar o véu.

Na Europa Central, em uma pequena cidade chamada Davarovsk, era uma vez um casal de judeus, meus verdadeiros pais, que levava uma existência normal. Tinha dois filhos, um menino de dez anos e um bebê de um ano, eu.

    Meu pai trabalhava na loja de um comerciante de tecidos; minha mãe cuidava da casa. Eram felizes. Estou certo disso. Tenho uma foto que o comprova. Foi tirada pouco tempo depois do casamento. São jovens. E bonitos. Ele, com rosto sério. Ela, sorriso meio terno, meio provocante. Imagino-os fiéis a seu amor e a sua fé. A foto os mostra em visita à casa do meu bisavô materno. Soube que ele vivia em uma aldeia vizinha e que era preceptor de filhos de fazendeiros. Meus pais estão sentados debaixo de uma árvore florida. Sorridentes. Acreditam no amor eterno? É o que penso, é o que espero. Na época, isso não se ostentava.

    Um velho judeu originário da mesma cidade lembrou-se deles. Conheci-o por acaso no teatro iídiche de Manhattan. Já não sei como começamos a falar de Davarovsk; talvez por causa da peça. Ela tratava da vida em Brendorf, um pequeno povoado, um shtetl* entre tantos outros que hoje desapareceram, engolidos no turbilhão da Tragédia. "Venho de Davarovsk", disse-me o velho judeu. Tive um sobressalto. Meu coração disparou. Teria

---

* Em iídiche, aldeia resultante da exclusão social de judeus na Rússia czarista e na Europa Oriental. (N. T.)

conhecido a família Morgenstein?, perguntei-lhe. O comerciante de tecidos? Sim, claro. E Wasserman? Dizia-lhe alguma coisa? Mas claro, lembrou-se. Um homem sempre calmo, de poucas palavras. Casou-se com uma moça muito bonita. Meu interlocutor continuou seu relato, mas eu já não ouvia nada. Bruscamente, senti soluços invadirem minha garganta. Felizmente, a campainha soou, anunciando o final do entreato.

O destino de meus pais e de meu avô? Como se pode adivinhar, semelhante àquele de tantos outros judeus. O gueto. O medo. A fome. O sofrimento da minha mãe: como alimentar um marido e dois filhos?

Com frequência, penso neles, conto-lhes minhas angústias secretas sobre meu estado de saúde, tento imaginá-los vivendo suas últimas horas e tenho vontade de chorar, de me esconder para chorar melhor. Mas tenho medo de não conseguir parar.

Portanto, eu também vivi certo tempo no gueto de Davarovsk. Até quando? Provavelmente até sua extinção. Foram meus pais adotivos que me explicaram isso; sabiam sobre meu caso muito mais do que o senhor que conheci no teatro iídiche. Quanto a este, fora deportado no penúltimo comboio. Assim, revelaram-me meu verdadeiro sobrenome: Wasserman. A quem pedir para que o gravem em meu túmulo? O de meus pais está no céu.

Mas como fui salvo? Graças a quem, a quê? Estranhamente, não é a um grande senhor nem a um humanista devotado, nutrido de princípios morais, que devo minha sobrevivência, mas à alma inocente e sublime de uma simples camponesa iletrada. Uma corajosa cristã vinda de uma obscura aldeia vizinha para cuidar de mim quando nasci e ajudar minha mãe na casa. Maria. A doce Maria. Era assim que a chamavam em minha casa, como fiquei sabendo mais tarde. A partir de então, ela também já não deixará meus pensamentos. Como e por quais meios evocá-la? Psicólogos sustentam que ela permanece escondida em meu inconsciente; se tiverem razão, gostaria de poder penetrá-lo; talvez eu descubra os traços que ela deixou nele? A idade de Maria? Um velho sobrevivente a descreveu como sendo esbelta e jovem; já outro, o irmão mais novo deste, diz que era baixinha e velha. Tinha família? Sim, naturalmente. Mas nunca falava dela. Parece que tudo que ganhava enviava a seus pais. Religiosa? Sempre fazia o sinal da cruz. Mesmo para me abençoar? Provavelmente. Aos domingos, ia à igreja. Taciturna, pouco loquaz. Miúda e, sobretudo, honesta. E fiel. Corajosa diante do perigo? Digamos intrépida, decidida.

Foi ela que teve a ideia de me separar dos meus pais. Uma noite, alguns dias antes da deportação, ela conseguiu penetrar o gueto e foi ver seus antigos patrões. Propôs-lhes, se necessário, proteger nossa casa contra os ladrões, os abutres. Deram-lhe seu consentimento. Tinham confiança nela. Em seguida, ela lhes fez uma sugestão mais surpreendente: confiar-me a ela, eu, o bebê deles. Estaria adivinhando o que estava para lhes acontecer em um lugar distante? Em nossa pequena comunidade, ainda que boatos assustadores circulassem, nada se sabia. Mas ela achava que uma longa viagem para o desconhecido poderia fazer com que eu adoecesse, eu, que já era agitado, friorento e frágil. Jurou por sua vida e pela de Cristo que ficaria comigo, que cuidaria de mim. Assim que voltassem, eu lhes seria entregue são e salvo.

A discussão foi longa? Certamente penosa, dolorosa. Minha mãe chorava? Talvez. Imagino que sim. Foi meu pai quem cedeu primeiro? Como saber? Mas a lógica e o carinho de Maria tiveram a última palavra.

Maria me levou para sua aldeia e me apresentou como seu próprio filho, ela que não era casada. Portanto, ilegítimo. O "pai"? Um soldado bêbado, antes de ir para a linha de frente, uma noite, fizeram-lhe sofrer violências atrozes. Sofri por ter perdido o calor da minha mãe, o amor do meu pai? Não sei de nada. Sei muito menos sobre a brutalidade dos pais de Maria a seu respeito e a meu. Puniram-me pela "vergonha" que ela havia infligido à família deles? Tudo que fiquei sabendo sobre eles em seguida me encheu de amargura e de revolta. Maria era tão magnífica de bondade e de carinho quanto seus pais eram intratáveis, doentios e cruéis. Para eles, eu era um intruso.

Isso é tudo? Não.

Soube que, pouco tempo depois do fim da guerra, Maria me levou para uma cidade grande, onde os emissários de uma agência judaica de beneficência procuravam crianças judias escondidas por cristãos de coração compadecido, enquanto outros se esforçavam para encontrar pais judeus adotivos. Eis como cheguei à América. Na época, meus "pais" só sabiam de uma coisa: meu nome. Um pedaço de papel, escrito à mão por meu pai e entregue a Maria. Desde que meus "pais americanos" o deram a mim, ele não me abandona mais: é meu tesouro pessoal. Descoberta repentina: pensei que fosse filho de sobreviventes; não sou. Sou um filho sobrevivente. Na verdade, eu deveria ter uma conversa com o doutor Feldman. Meu passado poderia explicar meus problemas de saúde. E depois? Decido esperar.

Sobre mim como em mim, trago o nome do meu bisavô paterno, Yedidyah Wasserman. E a foto dos meus verdadeiros pais.

Obviamente, quis fazer de tudo para encontrar os vestígios de Maria. Nada fácil. Eu não sabia nem seu sobrenome nem o nome da sua aldeia. Só tinha uma vontade: ir até lá. Mas como saber se ela ainda estava viva? E, se estivesse, como identificá-la? Abri-me com Alika, esperando assim acalmar a animosidade que ela manifestava comigo desde o julgamento de Sonderberg. Para minha grande surpresa, encorajou-me a fazer a viagem, mesmo que não desse em nada: assim, você não vai poder se criticar por não ter tentado agradecer àquela que me permitiu conhecê-lo, disse sorrindo ligeiramente. A hora do armistício tinha soado?

Portanto, voltei a Davarovsk, minha cidade natal nos Cárpatos. Munido da foto dos meus pais, consegui encontrar a rua e a casa onde havíamos morado, ou, antes, o edifício de dois andares que fora construído sobre suas ruínas. O que senti? Entre um vazio imenso e uma tristeza sem fundo e sem nome, o que existe? Eis o que senti. Mais tarde, eu tentaria explicar para Alika: "Imagine um personagem que, no palco, sob o efeito da dor, da cólera e do medo, quer dar um grito de fazer tremer as muralhas; abre a boca, e assim fica, imóvel, mudo, durante intermináveis segundos; e pense que sou eu, bem pequeno, talvez assustado, diante daquilo que foi minha casa com meus pais, seus projetos, as esperanças comuns que meu irmão e eu encarnávamos então."

Passei apenas algumas horas naquele pequeno povoado. Às vezes, um curioso me abordava, intrigado; queria saber o que eu estava fazendo em sua rua. Meu guia, jovem, seguro de si e da sua função, respondia-lhe algumas palavras em húngaro ou em romeno. Satisfeito ou não, o homem dava de ombros e ia embora cuidar de seus afazeres.

Após uma noite em claro, passada no único hotel da cidade, continuei minha peregrinação até a aldeia perdida onde eu esperava encontrar a mulher a quem devia minha sobrevivência.

Uma velha camponesa. Sem idade. Silenciosa. Sentada em um banco no jardim público, debaixo de uma árvore florida. Imóvel. Rosto emaciado, coberto de rugas. Olhar perdido no vazio.

É ela. O guia se informou. Nome e sobrenome. Entre os vizinhos, na prefeitura. Maria Petrescu. A ex-empregada dos judeus da cidade grande. Coração de ouro, alma de santa.

Digo ao guia para lhe perguntar se ela se lembra da minha família. Ela não responde. Ele repete a pergunta. Sempre sem resultado. Abre-se uma porta da casa de madeira, a dois passos do jardim.

Um camponês. Cerca de quarenta anos. Aproxima-se de nós, com cara de poucos amigos:

— O que querem com ela?

— Nada de mal — assegura-lhe o guia.

— Então, vão para o inferno; deixem-na em paz.

— Só queremos lhe fazer algumas perguntas.

— Quais?

— É pessoal.

O camponês se irrita:

— Não estão vendo que ela não pode responder?

— Por quê? — pergunta meu guia.

— Porque não pode, pronto. Já não anda bem da cabeça. Vive em um mundo só dela. É preciso obrigá-la a comer, a beber. O que vocês querem? Essas coisas acontecem. A gente quer viver, envelhecer, e o tempo passa. A gente está aqui, depois já não está.

Meu coração se apertou. Cheguei tarde demais.

— Que pena — diz o guia.

— Pena por quê?

— É que tínhamos presentes para ela. E dinheiro.

— Presentes? Para ela? Para Maria Petrescu?

— Sim. Para ela.

O camponês parece perdido. Não está entendendo. Eu também não estou. Há, nessa situação, nesse momento fora do tempo, alguma coisa que me escapa. Ela salvou minha vida, e agora eu deveria poder salvar a sua. Só que é tarde demais.

— Talvez eu possa ajudá-los — retomou o camponês após hesitar. — Sou sobrinho dela. Vlad. Vlad Petrescu.

Peço ao guia que lhe explique brevemente o objetivo da minha visita. O sobrinho não parece surpreso. Disseram-lhe que ela vivera longe de seus parentes há muito tempo. Mas não sabe com quem. Será que sabe que, durante a guerra, ela era próxima de uma família judia? Que salvara o último filho do casal? Não, nunca ouviu falar disso. Era casada? Não. Nunca. Mas...

— Mas o quê?

— Diziam umas coisas sobre ela na aldeia. Gente miserável e ruim há em todo canto.

— O que diziam dela?

— Ah, bobagem. Que ela levava uma vida devassa. Que tinha muitos amantes.

— Onde? Na aldeia?

— Não, claro que não. Aqui todo mundo conhece todo mundo. As pessoas contavam que, na cidade, ela dava livre curso a seus instintos. Que era bonita, uma devassa. Que os homens corriam atrás dela, nada que cause surpresa. Disseram até que...

Uma pausa. O guia o pressiona:

— O quê?
— Que tinha um filho.
— Um filho?
— Um menino.
Baixa a voz e acrescenta:
— Um bastardo. Só podia ser, já que ela não tinha marido.

Prendo a respiração. De vez em quando, lanço um olhar para Maria. Estará ouvindo? Estará entendendo o que seu sobrinho nos diz sobre ela, sobre sua vida? Eis uma mulher corajosa, honesta e digna, que honra a raça humana e que foi tratada como um ser desprezível! Como viver em um mundo em que os valores são pervertidos a esse ponto? E os sentimentos humanos, tão desvalorizados? No entanto, ainda bem que ela existe, essa Maria Petrescu: se os cristãos já não dão medo aos judeus, é graças a ela. Mas como deve ter sofrido. Patética e magnífica heroína.

— Mas eu estava esquecendo — retoma o camponês. — Vocês falaram de presentes. Para ela. Por quê?

O guia volta-se para mim para que eu lhe sugira uma resposta. Impaciente, o sobrinho encadeia, mostrando-me com o dedo:

— Este aí é seu antigo amante? É possível uma coisa dessas? Não, ele é jovem demais.

O guia espera minha resposta, que não vem. Um silêncio pesado se instala. Vlad se impacienta. Coça a cabeça por um bom tempo, depois exclama:

— Esperem. Tenho umas coisas para mostrar a vocês. São da minha tia.

Deixa-nos com um passo rápido e volta ao final de um longo momento, com um envelope largo na mão.

— Aqui está o que resta da sua juventude — diz.

É meu guia quem se apodera do envelope; quanto a mim, não ouso tocá-lo, como se contivesse um cadáver, o cadáver de uma lembrança apagada.

Contemplo o conteúdo do envelope. Uma foto de identidade desbotada, amarelada. Belo rosto oval, olhos humildes, olhar hesitante diante da câmera. Sim, era bonita a mulher que me acolheu. Já não ouso voltar meu olhar para o velho corpo cansado, imóvel.

Outra foto: uma casa com um jardim. O sobrinho explica:

— Era onde ela trabalhava na época da guerra.

Nossa casa. A minha. É a primeira vez que a vejo. Como era sua disposição? Quantos quartos? Quantos armários? Quantas camas? A alegria reinava entre suas paredes? Meus pais eram felizes nela antes de a infelicidade os atingir?

Uma última foto: Maria com um bebê de cabelos encaracolados. Está agarrado à sua saia.

— Era seu filho — diz o sobrinho.

Faz um gesto vago com a mão:

— Não sabemos que fim levou. Dizem que seu desaparecimento a deixou doente. Ela já não queria ver ninguém. Estão vendo a granja aí atrás de vocês? Era ali que ela se refugiava. Para dormir. Para derramar lágrimas em silêncio. Dizem que envelheceu depressa.

Aproximo-me dela, sozinho. Tento vasculhar minha memória perturbada, inquieta. Onde ela se esconde lá dentro? Até que profundidade eu precisaria cavar para encontrar uma lembrança dela? Como fazer para que ela me redescubra, para que minha presença a faça reagir, com um gesto, um vislumbre nos olhos? Tento captar seu olhar. Vazio. Um muro. Toco seu braço. Ela se deixa tocar. Sorrio para ela. Cochicho meu nome em seu ouvido. Depois o seu. Digo-lhe que estou sofrendo por ela. Que ela me é próxima. Que me lembrarei dela. Confio-lhe o segredo que estupidamente escondo de todo mundo, até de Alika, dos meus amigos também, e dos meus filhos: que estou doente. Asseguro-lhe: vivo e vou continuar a viver. Será que ela me ouviu? Seus lábios se entreabrem, mas nenhum som escapa deles. A fonte secou? Uma lágrima aparece em seu olho direito. Outra, no esquerdo. Pouso um beijo terno em sua fronte. Ela recai em sua letargia.

O sobrinho parece perplexo:

— E os presentes? — pergunta, como para dizer alguma coisa.

Faço sinal ao guia para que os entregue a ele:

— Diga para ele jurar por tudo que é mais sagrado que vai cuidar bem da sua tia.

Estupefato, tomado por uma perturbação que nem mesmo dissimula, o sobrinho jura. Duas vezes.

Deixei a aldeia de Maria, depois a cidade onde nasci. Estou com o coração pesado: abandono uma parte escamoteada da vida que ficou para trás. Com remorso? Será que eu deveria ir ao cemitério? Uma pedra tumular cinza e velha certamente traz o nome de um bisavô: Yedidyah Wasserman.

Deveria ter vindo mais cedo?

Mas cedo seria quando?

"Tu que emerges do dilúvio em que te afogaste, quando falares, lembra-te da tua fraqueza no tempo obscuro do qual fugiste", escreve Brecht.

E o jornalista se pergunta: Quem fugiu? Eu?

E meu irmão mais velho, esse menino desconhecido?

Desaparecido sem deixar rasto. Levado na tempestade de cinzas que varreu a História para enlutá-la para sempre. Às vezes, também penso nisso. Como é possível que meus pais não tenham conseguido encontrar um abrigo para ele? Não devia ser fácil. A boa Maria certamente tentou, mas quem podia acolhê-lo? Em todo caso, não seus pais, a quem ela já impunha um bebê que eles detestavam. Por que ainda iriam se estorvar com uma criança judia de dez anos?

Yedidyah pensa nesse "irmão mais velho", que não passava de um menino condenado, e sente-se submerso por uma emoção violenta. Nem sabe seu nome. Era alto ou baixo? Tímido ou intrépido? Alegre ou melancólico? Estudioso ou preguiçoso na escola? Brilhante, talvez? Em matemática ou em música? Tinha colegas? Tudo que o caçula sabe dele é que viveu como uma estrela cadente. Que tinha dez anos quando morreu lá no reino do nada. Que até o fim ficou com seus pais — os pais deles. Deve invejá-lo por isso? Não dá para ter inveja de quem não tem rosto.

Quem censurar, quem acusar de sua morte? Pergunta ingênua: em que o equilíbrio do mundo podia ser ameaçado pela sobrevivência de uma criança judia que não teve tempo de conhecer a felicidade? Pergunta menos ingênua, que Yedidyah infelizmente nunca fez a seu avô e que o antepassado de ambos, o grande Rabi Petahia, nunca evocara: e Deus? Ele que, durante as Grandes Festas, mantém aberto diante de si o Livro da vida e da morte, sob que nome inscrevera essa criança ao prever o dia do Juízo Final?

Yedidyah escreveu à municipalidade de Dvarovsk. Nela devia haver um registro de nascimentos. Decepção: alguns meses antes da liberação, uma bomba russa demolira a ala dos arquivos. Tudo foi queimado.

É como se esse irmão mais velho nunca tivesse existido.

Era possível uma coisa dessas? Mesmo para Deus? Ocorria-lhe de dar a vida para logo apagá-la? Por quê? Yedidyah não sabia. Mas descobriu uma coisa.

Que era possível.

Atribui-se a Voltaire, já idoso, a seguinte reflexão: "A felicidade? É viver e morrer desconhecido."

Com todo o seu ser, Yedidyah gritava: ele está enganado, está mentindo.

Depois de voltar, como um possuído em busca de uma verdade fugaz que usa múltiplas máscaras, Yedidyah começou uma peregrinação às fontes da sua família. A isso consagrou todo o seu tempo livre, encorajado por Alika, embora ela não compreendesse muito bem essa nova obsessão.

Primeiro dirigiu sua atenção aos livros. Afinal de contas, era o caminho mais fácil. Consultou os arquivos dos centros de documentação e dos museus dedicados à Memória, em Washington, Paris e Jerusalém. Os documentos que tratavam das "crianças escondidas". Niny Wolf e Judith Hemmendinger, na Alsácia, o sionista Sruli Rosenberg, em Haifa, e o rabino Benatar, em Bnei Brak. Um padre de Toulouse, um médico de Estrasburgo. Todos esses utopistas com o coração cheio de compaixão e que, tão logo a guerra havia terminado, percorreram a Europa libertada com um único objetivo: reconduzir as crianças judias salvas por cristãos a seus pais, se ainda estivessem vivos, ou à comunidade judaica, caso não estivessem mais. Como e onde encontrar esses homens e essas mulheres raros, exemplares? De que maneira ter acesso a eles? Aconselharam-no a consultar listas; elas haveriam de existir. Existiam. Mas Yedidyah não sabia em que elas podiam lhe servir: faltavam-lhes muitos indícios. Ele dormia mal, trabalhava mal, vivia mal. Com frequência entrava em desespero, mas se recusava a resignar-se. Às vezes, sentia-se próximo do suicídio. Por qual razão? Talvez sem razão. Por tédio. Para escapar do vazio dentro dele, que o desafiava e lhe dava vertigem. Para concluir um ato que seria seu próprio começo e seu próprio fim.

Uma noite, Alika o acordou: ele gemia.

— E se você tentasse a hipnose? — sugeriu ela. — Li, em algum lugar, um artigo a respeito... Um psiquiatra que pode fazer reviver lembranças antigas, distantes, enterradas... Não custa nada tentar.

Alika acabou por descobrir uma ave que, no final das contas, não é tão rara assim: terapeutas e psiquiatras que utilizam a hipnose são até fáceis de encontrar em Nova York.

Um atleta jovem, de rosto bronzeado e olhar claro recebe Yedidyah, que ficou surpreso por ter sido convidado a se sentar em uma cadeira diante da sua escrivaninha, ao invés de no divã mítico, tão apreciado pelos adeptos de Freud. Além do mais, era simpático o professor William Weiss.

Segunda surpresa:

— Conheço seu nome, sim, às vezes leio suas críticas. O teatro é um pouco meu *hobby*. Eu gostaria de ter podido me tornar ator, mas, talvez como o senhor, prefiro ouvir. No entanto, gosto da sua abordagem. O senhor não passa a impressão de um ator esgotado nem de um dramaturgo sem sorte, mas de um amante do palco; ao se recusar a considerar-se vencido, ele descobre seu próprio caminho para dizer seu amor pela beleza, pela arte e pela verdade artística.

Falaram um pouco de teatro, depois o professor concluiu:

— Mas, se não estou enganado, não veio me ver para discutir a última produção do grande e incompreensível Jason Palinov. O que o traz, então, aqui nesta manhã?

— A memória — respondeu Yedidyah.

— Entendo — retomou o psiquiatra. — Está lhe causando problemas? Acha que está lhe escapando, que o está enganando? Já não sabe onde deixou a caneta, as chaves do carro? Medo de Alzheimer, é isso? Todos os intelectuais morrem de medo disso. Mas você ainda é bastante jovem...

— Não se trata disso — disse Yedidyah incomodado.

— Do que se trata, então?

Yedidyah lhe explicou seu caso. Acontecimentos recalcados, dos quais não lhe restava nenhum indício. Já não conseguia se lembrar da sua primeira infância. Ele a vasculhava, a perseguia, a atormentava: em vão. Um véu opaco a envolvia. As primeiras lembranças que conseguia captar o situavam num barco. Ele devia ter cerca de quatro anos. Fazia parte de um grupo de crianças de mais ou menos a sua idade. Explicaram-lhe mais tarde que esse navio o conduzira à América. Ele só se lembrava de que estava debilitado. Tinha dormido e, ao acordar, vira-se em uma família que se tornara a sua.

— Que língua você falava?
— Iídiche.
— Inglês, não?
— Inglês também. Não sei como fiz, mas não tenho a impressão de tê-lo aprendido. Como se o falasse desde sempre. Mas esta não é a razão da minha presença aqui em seu consultório, doutor. Já não sei quem sou, de onde venho. Mudaram meu nome: tenho a impressão de ser outro; portanto, de trair a criança que eu era e o homem que ela prefigurava. É como se eu vivesse uma mentira, doutor. Esse é meu problema, ou, se preferir, meu mal. E me disseram que, em estado de hipnose, tudo que continua oculto para mim poderia me ser revelado. Estou enganado? Estou me iludindo? Parece que o senhor é a minha última esperança.

O professor Weiss sorriu e explicou a seu visitante que as coisas não eram assim tão simples: a hipnose, disse ele, não age em todos os pacientes da mesma maneira. Em alguns, seus efeitos demoram a se fazer sentir, enquanto em outros são quase instantâneos. Por razões obscuras, outros ainda são resistentes a ela, se esquivam, e, nesse caso, o terapeuta fica simplesmente impotente.

— Mas podemos tentar — concluiu.
— Agora? — disse Yedidyah, um pouco assustado, apesar de tudo.
— Não. Da próxima vez.

Após uma última hesitação, Yedidyah marcou outra consulta.

Por sorte, Yedidyah não resistiu à hipnose. Deixou-se voluntária e agradavelmente guiar pela voz ao mesmo tempo neutra e autoritária do terapeuta. Não tem a sensação de estar dormindo, nem mesmo de estar dormitando, e sim de estar sonhando. Vê-se em uma bonita cidadezinha com pequenas casas, jardins floridos, muitas árvores, muitos pássaros sob um céu cinza e tempestuoso. Mas as ruas estão vazias. As casas também. Todo mundo se esconde. No entanto, o menino, ele, não está sozinho. Um homem e uma mulher seguram-no pela mão ao descer em um porão escuro. Ele estremece; está com frio. Sabe que o amam e que ele os ama, mas também que vão abandoná-lo. Então, começa a chorar. A mulher o pega nos braços e o beija cochichando em seu ouvido: "Filho, amor da minha vida, não é para chorar; você é uma criança judia, e as crianças judias não têm o direito de chorar. Você precisa viver, é necessário, você é tudo que ainda possuímos nesta terra. Me prometa que não vai chorar, me prometa que vai viver..."

— E depois? — pergunta a voz distante do terapeuta.

— Depois, nada.

— Nada?
— Quero chorar. Com todo o meu coração, quero chorar. Mas não choro.
— E a mulher? O senhor é pequeno e está em seus braços...
— Sim, em seus braços, é isso.
— É sua mãe.
— Estou nos braços da minha mãe.
— E o homem?
— Ele também me pega nos braços.
— É seu pai.
— É. Estou nos braços do meu pai.
— E depois?
— Depois, nada.
— Nem ninguém?
— Sim. Um menino. Está lendo uns livros. Quando lê, não fala.
— Quem é?
— Meu irmão.
— Seu nome?
— Dovid.
— Dovid?
— Dovid'l. Eu o amo. Ele brinca comigo. Eu o faço rir.
— Quem você está vendo?
— Pessoas. Na rua. No quintal. Em um jardim. Mas eles não são nada. Tudo se reduz a nada.
— Conhece essas pessoas?

— São estranhos. Não gosto deles. São maus. Uns brutos. Não os conheço. Não quero conhecê-los. Quero que vão embora. Que me deixem ir embora. Estão lá porque meu pai não está. Porque minha mãe não está. Me dão medo. Tanto medo que me sinto mal. Tudo me faz mal. Mas me calo.

— Como são essas pessoas? Altas? Baixas? Gordas? Bem-vestidas?

— Não sei. Não quero vê-las. Eu as vejo sem vê-las. Foi por causa delas que meu pai me deixou. Por causa delas que minha mãe me abandonou. Sinto frio desde que ela deixou de estar comigo. Estou sempre com frio.

— Essas pessoas não o aquecem?

— Não são nada para mim.

— Acontece alguma vez de se ver feliz ali?

— Sim. Com meu pai e minha mãe.

— Chega a rir ali?

— Desde que meu irmão me deixou, não rio mais. Vejo-me no porão vazio de uma casa vazia, e a casa vazia se encontra em uma cidade vazia. Vejo-me ali e sei que também estou vazio.

Para Alika, Yedidyah confessa que essa viagem ao interior de sua memória o angustia e desorienta.

— Um nome, lembre-se de um nome.

— Ali, não tenho nome. Sou muito pequeno. Não tenho direito a nome. Sou uma criança judia.

As crianças judias tiveram de se livrar dos seus nomes para poder viver.

— Como as pessoas do porão o chamam?

— Quando chegam, me fazem um sinal. Eu obedeço.

— E o senhor, como as chama?

— Nunca as chamo. São elas que me chamam. Para comer. Beber. Dormir.

— Chegam a bater no senhor? A puni-lo?

— Sim. Não. São possessivos. Intratáveis. Nunca sorriem. Me sinto ameaçado. Ameaçado quando estão ausentes. E quando estão diante de mim.

— Quando sente dor em algum lugar, o que eles fazem para minorar a dor?

— Nada.

— Chegam a falar com o senhor?

— Gritam, e eu não ouço nada.

— E quando o senhor fica doente?

— Continuo doente.

— Nenhum médico foi vê-lo?

— Ninguém foi. Nunca.

— Fica doente com frequência?

— Fico, mas não digo. Meus pais me proibiram de falar quando estou mal. Isso não diz respeito a ninguém, era o que me diziam.

— Então, como as pessoas más ficam sabendo?

— Não ficam. Não gostam de mim. Eu as incomodo. Elas me detestam. Têm raiva de mim por eu estar ali, vivo, na casa delas, na vida delas. Da última vez...

— ... Da última vez o quê?

— Que fiquei doente. Parecia que eu estava bêbado. Via coisas. Intrusos. Via meu pai. Atrás dele, via minha mãe. Me faziam sinal para eu não dizer que estavam ali. De repente, desapareciam. Lentamente. Primeiro, suas pernas desapareciam em uma nuvem. Depois o tronco. O pescoço. A cabeça. Tudo ia ficando branco. E vermelho como o fogo. Espesso. De cinza espessa. Eu sabia que era um sonho. Eu estava afundando. Comecei a gritar, mas nenhum som saiu da minha garganta. Gritava mais alto. Cada vez mais alto. Urrava em silêncio. Meus pulmões estouravam. Eu estava naufragando. Já não sabia onde estava. Nem quem era. Acordei mais tarde, bem tarde. No barco. Ali também, eu sabia que era um sonho, sem ter certeza de que ele me pertencia, que dizia respeito a mim. Talvez eu simplesmente tivesse mudado de sonho.

A voz do professor Weiss calou-se.

Yedidyah lhe conta uma história que lhe vem do seu avô, já velho. Aconteceu poucos dias depois que seus pais lhe revelaram o segredo do seu nascimento:

— Era uma vez um jovem judeu que perdeu o pai. Naturalmente, ficou muito abalado. Desde a manhã até a noite, ele não parava de soluçar. Mesmo de madrugada, em seu sono, acontecia-lhe de verter lágrimas; acordava molhado da cabeça aos pés. "O que o entristece tanto?", perguntou-lhe sua mãe, um dia em que ele parecia particularmente infeliz, a ponto de não conseguir se concentrar em uma passagem difícil do Talmude. "O que mais me faz mal", respondeu o menino, "é não poder seguir os rastos do meu pai. Como eu poderia sonhar em ser parecido com ele, que me deixou cedo demais para que eu me sirva do seu ensinamento? Como eu me tornaria o segundo depois dele?" E sua mãe se pôs a tranquilizá-lo: "Nesse caso, filho, imagine que lá em cima está escrito que você não seria um segundo, mas, à sua maneira, o primeiro." E meu avô acabou por concluir: "O menino em questão tornou-se o fundador de uma dinastia hassídica."

— Qual é a moral dessa história? — pergunta o professor Weiss.

— Não sei — responde Yedidyah.

— Eu também não. Mas me parece que nela poderíamos distinguir certa dose de otimismo. Seu avô provavelmente queria fazê-lo compreender que o senhor também, à sua maneira, poderia se tornar uma espécie de primeiro.

Yedidyah refletiu por um momento.

— O outro menino teve a sorte de crescer com sua mãe; eu, não. Aliás, foi o que fiz meu avô notar.

— E sua reação?

— Ele me achou um pouco injusto porque, segundo me disse, de certa forma, eu também tenho pais que me amam como se o sangue deles corresse em minhas veias.

— E o senhor lhe respondeu...

— Que não dá para comparar. Que não é fácil viver uma vida em parte mutilada. Estou convencido de que, se conseguisse recuperar minha infância, me sentiria melhor. Essa é a razão pela qual conto tanto com o senhor, professor.

Yedidyah se interrompe. Respira profundamente, como para se libertar de um fardo. Depois, retoma:

— De fato, não pude me impedir de dizer a meu avô que tenho certeza de que vou rever meus pais e meu irmão. Em outro mundo, o da verdade. E meu avô me perguntou, sorrindo com tristeza: "O que vai fazer conosco lá?". Respondi: "Vou apresentar uns aos outros." Me ajude a aguentar firme, professor. Me ajude a avançar nas minhas lembranças apagadas.

O professor Weiss diz que fará o melhor que puder.

Ao se despedir dele, na rua, como acontecia algumas vezes, Yedidyah teve um pensamento em relação a Werner Sonderberg: não teria sido mais feliz vinte anos antes, se tivesse podido extirpar da sua memória uma dor que marcara sua vida?

Nessa época, perturbado pela vaga sensação de que sua vida ou o sentido da sua vida lhe escapava, Yedidyah beirava o desespero. Faltava pouco para ele cair no misticismo. Já não era o mesmo. Agitado, nervoso, hipersensível, constantemente irritado. Insuportável. Duvidando de si mesmo, dos seus vínculos com Alika. Longas noites de insônia, de indagações: uma vez que não sou o homem que creio conhecer, quem sou? Ascese do silêncio e rejeição de todo desejo, o que deixava Alika louca. Ele não compreendia sua própria incapacidade: como não pudera adivinhar, suspeitar, ao menos, de uma parte da verdade? Tinha raiva de si mesmo. Vivera e crescera entre estranhos, chamava-os de pai, tio, avô. Amava-os como se partilhassem o mesmo passado. E agora, seus próprios filhos, naturalmente, perpetuariam essa mentira ao chamar seus pais de avô e avó.

Em vão, Alika tentou chamá-lo à razão:

— Pense no que você deve a essa família que se tornou a nossa, que o acolheu com uma generosidade sem limites, com um amor inteiro, sem nunca lhe recusar nada. Tente medir nossa sorte, nossa felicidade. Você poderia ter caído na casa de gente sem coração e distante. Tenho certeza de que você como eu conhecemos crianças adotadas que foram infelizes. E também homens e mulheres que foram criados por seus verdadeiros pais e que, no entanto, são infelizes por uma porção de razões que nos escapam.

— Seu argumento é válido — respondeu-lhe Yedidyah com voz tensa. — Mas você está enganada se acha que tenho raiva dos meus "pais". É de mim mesmo que tenho raiva. Por não ter sabido descobrir a verdade mais cedo.

Perturbado, desnorteado, com a alma abalada, Yedidyah procurava com obstinação "a árvore da vida e do conhecimento", na qual poderia apoiar-se para enfrentar as inebriações do imprevisto. Mas era impedido por seus pensamentos como outros o são por seu corpo. Disso retirava tristeza e amargura.

O que seria dele sem a inocência do olhar e a tristeza dos seus dois filhos que, ainda jovens, não compreendiam suas mudanças de humor?

À noite, semiacordado, febril, acontece-me agora de falar com meu irmão morto:
— Você me faz falta, você sabe.
— Não sei.
— Mas eu sei. Eu o fazia rir.
— É verdade. Mas você não me conhece.
— Não é culpa minha. E você? Me conhece?
— Claro. Sempre falamos de você, papai e eu.
— Você está com ele?
— Estamos juntos.
— Desde quando?
— Desde sempre. Fizemos a viagem juntos.
— No vagão chumbado?
— É. No escuro. A gente sufocava. Mamãe cantava uma música para mim.
— Qual?
— Minha canção de ninar preferida. Um príncipe e um mendigo amam a mesma moça. Ela ama os mendigos. Então, o príncipe abandona seu palácio para se tornar mendigo.
— História triste?
— Para quem?
— Para o rei.
— Mas os reis nunca ficam tristes. Só os príncipes.
— Eu estou triste; e não sou rei.
— Então, o que está esperando para se tornar príncipe?

— Eu também prefiro os mendigos.
— Acredito.
E, depois de um suspiro:
— Como você se chama?
— Não tenho o direito de lhe dizer. Entre nós, os mendigos não têm nome.

Alika me acorda: "Você está chorando enquanto dorme."

Outra vez, é com meu pai morto que converso:
— Quero tanto vê-lo, mas você está longe.
— Não estou longe.
— Então, por que não consigo vê-lo?
— Porque meu mundo não é o seu.
— Tenho inveja do meu irmão; ele está com vocês.
— Mas nós estamos com você. Nós somos você.
— Me conte uma história.
— Uma criança chora. Não consegue parar. Um bruxo tenta fazê-la rir, em vão. Um anjo se esforça para fazê-la sonhar, também em vão. Deus se compadece dela e a faz ver o que é invisível, ouvir o que é indizível, e a criança lhe responde: já que você é tão poderoso, faça-me ficar com aqueles que estão ausentes.

Alika me tira do sono: "Você gemeu de novo."

Outra noite ainda, falo com minha mãe morta:
— Me ajude, por favor.
— Você está sofrendo, filho. Conte-me tudo.
— Não sei mais nada de você.
— O que quer saber?
— Me mostre seu rosto.
— Não posso. É proibido.
— Proibido por quem?
— Pelo bom Deus.
— Por quê?
— Não sei. Talvez para separar os vivos dos mortos.
— Mas não gosto dessa separação!
— Eu também não. Mas não podemos fazer nada. Nem você, nem eu.
— Você me amou antes...
— ... antes do quê?
— Antes de me abandonar?
— Antes de salvá-lo, você quer dizer. Sim, amei. Amei com bastante delicadeza, com bastante paixão pelo resto da sua vida.
— Você me beijava sempre?
— O tempo todo.
— Quando falava comigo?
— Quando cochichava para você palavras de amor.

— Em silêncio também?
— Também.
— Me beije, mãe.
— Não tenho esse direito.
— Mas você me ama, acabou de me dizer isso.
— Eu o amo, meu filho.
— Então me beije uma vez, só uma.
— Não.
— Por que não?
— Porque quero que você continue a viver.

Alika me sacode: "Mas o que está acontecendo com você? Está delirando..."

De repente, não sei por quê, Jonas surgiu em minha memória. Responsável autoritário pelas páginas editoriais, era o membro mais engraçado, mais alegre da redação. Detestava seu trabalho; pelo menos, dizia detestar. Cabia-lhe corrigir, e até mesmo censurar, todos aqueles indivíduos que, segundo ele próprio se queixava, pensam ter opiniões, pareceres e julgamentos definitivos e irrevogáveis sobre tudo que existe sob o sol e acima dele. Cínico, sentia raiva deles por lhe imporem esse papel de mau. Não parava de repeti-lo de manhã à noite. Mas então, perguntei a Paul, por que ele não pede outro cargo? Porque só ele pode fazer esse trabalho ingrato sem temer a vingança de suas vítimas, respondia o redator-chefe. Jonas escrevia mal, porém ajudava os outros a escrever bem. Assim como fazia rir, muitas vezes zombando de si mesmo — mas ele mesmo não ria nunca.

No dia em que anunciou sua aposentadoria, a redação lhe demonstrou uma afeição que ele não esperava. Estava convencido de que todo mundo o detestava.

Não éramos amigos, mas convidei-o a beber alguma coisa no café da frente. Pedi um café, e ele, um conhaque. Tão cedo de manhã? Questão de hábito. Seria alcoólatra? Não, necessidade de se aquecer. Está sempre com frio. Um segundo conhaque. Deve estar com muito frio. E, pela primeira vez, descobri nele uma tristeza que me deixou pouco à vontade. De repente, surpreendo-me pensando que nada conhecia dele: nem sabia se era casado. Como interrogá-lo sobre sua vida privada sem ofendê-lo?

— Escute, Jonas — digo-lhe —, tenho uma proposta a fazer: e se a gente se encontrasse esta noite para jantar? Às vezes, Alika é distraída, mas é bem capaz de nos surpreender com uma excelente refeição.

Ele reflete. Antecipo uma recusa. "Minha mulher está me esperando", ou alguma coisa parecida. Afinal de contas, nunca fomos próximos. Só para sondá-lo delicadamente, encadeio:

— De resto, você pode levar alguém.

— Vou sozinho — disse após uma longa hesitação. — Mas não à sua casa. Prefiro o restaurante.

E me prometa que não vai falar do meu antigo trabalho nem dos meus projetos.

Fico com vontade de acrescentar "nem da sua esposa", mas me contenho:

— Combinado.

Jantamos entre homens. Alika vai ao teatro, e os gêmeos dormem na casa dos meus pais.

Após algumas banalidades sobre o ambiente ruidoso dos restaurantes nova-iorquinos, a meteorologia e o declínio do jornalismo em geral, um longo silêncio se instala. Jonas parece incomodado. Por que aceitou meu convite se não estava com vontade? Inútil investigar, ele me diz:

— Em outros tempos, li suas reportagens sobre o julgamento de Sonderberg.

Em outros tempos? Sim, já está longe.

Espero uma crítica devastadora. Engano-me. Ele se lança em uma análise didática, ao cabo da qual considera o acusado culpado. Não consigo deixar de retorquir:

— Mas existem os fatos.

— Estou me lixando para os fatos. Não estou dizendo que o jovem alemão matou o tio, estou dizendo apenas que é culpado.

— Se não matou, do que seria culpado?

— De ter abandonado um homem que ia se suicidar.

— Mas como Werner podia prever isso?

— Que seja, não previu. Mas deveria ter previsto.

Manifesto-lhe minha discordância. Não se pode criticar alguém por não ter sido profeta nem psicólogo. Repito que o homem só é culpado se realmente matou. E, de repente, dou-me conta de que os lábios de Jonas estão tremendo. Estará doente? Calo-me. Ele também. O prato à nossa frente esfria. Depois, ele começa a me falar de Albert Camus. Do medo que esse escritor lhe inspira.

— Talvez tenha lido seu romance *A queda*. A história daquele juiz que condena a si mesmo. Na Holanda, ele assistira ao suicídio de uma moça. É mais ou menos isso. Mas ele estava lá. Isso bastava. Poderia ter intervindo? Provavelmente não. Mas estava presente. Viu. Eis a razão para a sua culpa.

Fico com vontade de fazê-lo notar que o tio de Werner morreu sozinho, longe dos olhares; que, em todo caso, seu sobrinho não o estava acompanhando. Mas Jonas continua:

— Seu jovem alemão também viu. Na verdade, foi o último homem a ter visto o tio; e ele foi embora. Sua partida constitui um ato que o compromete. Um ato que tinha valor de julgamento. Ele condenou o tio à solidão. Portanto, à morte. Ao suicídio.

Mais uma vez, preparo-me para dizer-lhe que ele está sendo severo demais, injusto, e que, não importa o que pense, Werner pôde muito bem escolher deixar o velho homem justamente para não julgá-lo. Mas, novamente, ele faz um gesto para impor-me o silêncio:

— Para Camus, a escolha se situa entre a inocência e a culpa; para mim, ao contrário, é entre a arrogância e a humildade que se deve escolher. A questão não é saber se somos todos culpados, mas se somos todos juízes.

— E somos todos, você e eu?

Após um momento de hesitação, ele declara:

— Eu fui.

Foi um sonho. Ele se encontrava no hall de um hotel. À noite. Viu uma mulher muito bonita se dirigir para a saída. Parecia deprimida, infeliz. O que surpreendeu Jonas: não carregava bolsa. Simplesmente uma espécie de envelope na mão. Aonde podia ir? Encontrar seu amante? Ficou-se sabendo, no dia seguinte de manhã: tinha ido encontrar a morte. Encontraram-na debaixo de uma árvore, o envelope vazio perto dela. Jonas se interrompe, e eu me preparo para lhe perguntar se, quando ele acordou, sentiu-se culpado, mas não ouso. Jonas abaixa a cabeça como que para evitar meu olhar:

— Não foi um sonho. Mas um pesadelo.

Isso foi tudo. Não disse mais nada. Nem eu.

Hoje, volto a pensar em suas palavras: "Somos todos juízes."

Mas, então, quem julgará os juízes?

Finalmente, o encontro com Werner Sonderberg. De imediato, faço-lhe a pergunta que ele certamente espera:

— Por que queria me ver?

— Revê-lo — corrige-me.

— Que seja. Me rever. Por quê?

No lobby do seu hotel, perto da Times Square, viajantes vão e vêm. No bar, clientes falam e riem como em uma festa popular, em uma noite de verão. Após um silêncio, Werner reprime um sorriso antes de replicar com voz moderada, mas tensa:

— O senhor também queria me rever. Estou enganado?

— Não. Não exatamente... Antigamente sim, durante o julgamento... Depois, era tarde demais... Eu não pensava que isso pudesse acontecer.

— Por que não?

—Tudo aquilo parecia tão distante...
Uma troca de olhares com Anna. Como se ele a consultasse: deve ser franco comigo ou usar de rodeios? Um belo casal. Um casal verdadeiro. Sua cumplicidade é evidente. Tudo que ele sabe ela também sabe. Seu casamento e os anos os mudaram. Normal. Antes, por ocasião do julgamento, ainda não eram casados. Ele parece, ao mesmo tempo, mais sólido e mais vulnerável. Diante dos seus juízes, diante da mídia, parecia sempre ausente. Agora não mais.

— Da minha parte — retoma —, fiz questão de vê-lo porque, na época, li seus artigos. E, enquanto duraram os debates, me perguntei se, para o senhor, eu era culpado. Seus relatos não se decidiam. O senhor hesitava, tinha dúvidas... Isso me pareceu, por assim dizer, moralmente interessante. Lembre-se de que, na época, eu era estudante de filosofia; para mim, tudo se referia à metafísica. Essa é a razão pela qual fiz questão de conhecê-lo. Mas, e o senhor? Por que desejava esse encontro?

— Quanto a mim — respondi —, era sua atitude que me intrigava. Talvez "culpado e não culpado" seja uma resposta aceitável para o filósofo, mas não para a Justiça. O juiz lhe explicou isso. Mas, para mim, sua recusa em escolher remetia ao problema mais grave que o homem pode enfrentar: o da ambivalência. Na tradição de que me valho, essa não é uma opção admissível. Uma vez que o senhor era inocente, por que não o disse claramente? Teria sido poupado de muitos aborrecimentos. Teria se beneficiado da dúvida. Provavelmente, alguns entre nós estavam prontos a acreditar no senhor desde o primeiro dia.

— Em primeiro lugar — replicou logo Werner —, nunca me considerei inocente. Disse culpado *e* não culpado. No plano da verdade, esse "e" tinha sua importância. E, depois, o senhor acha mesmo que tudo é límpido na vida? Que é sempre isto ou aquilo, um ou outro: o bem ou o mal, a felicidade ou a tristeza, a fidelidade ou a traição, a graça ou a fealdade? O senhor não é ingênuo a esse ponto. Admita que uma escolha tão clara, tão nitidamente desenhada seria fácil demais, cômoda demais.

O que responder? O que ele diz não está errado. A pureza só é válida em química. Não nas intrigas da alma.

Mais uma vez, Werner consulta Anna com o olhar: mostrar todas as suas cartas, trocá-las por novas ou encerrar categoricamente o jogo? Sua atitude me lembra meus primeiros anos com Alika: tudo que fazíamos queríamos fazer juntos. Com o mesmo impulso. Werner se decide. Inclina-se em minha direção:

— Se eu lhe dissesse que Hans Dunkelman não era meu tio, ficaria surpreso?

— Sim, reconheço. Mas o que me surpreenderia mais seria o fato de o senhor ter escondido essa informação durante o julgamento. Não serviria para nada. A pergunta que se fazia ao tribunal não era saber se Dunkelman era seu tio ou seja lá quem fosse, mas se tinha sido o senhor a matá-lo.

Werner me olha por um bom tempo antes de encadear em tom mais baixo:

— Foi ele que mudou de nome. E o senhor vai entender por quê: Hans Dunkelman era meu avô paterno. Chamava-se Sonderberg.

Sem que eu saiba por quê, essa confissão me toca. Talvez porque me faz pensar em meu próprio avô.

— Bom — digo. — Então, o senhor não matou seu "tio". Mas, depois que ficou sabendo que ele era seu avô, o teria matado de maneira mais deliberada?

— Talvez — respondeu, olhando-me fixamente.

— Como? Se é brincadeira...

Será que eu deveria fazê-lo notar que era de mau gosto? Ele não me deixa terminar:

— Discutimos. Violentamente. Desde a nossa chegada ao hotel, em seu quarto. E no terceiro dia, quando fomos passear na montanha.

Entendo que um acontecimento grave deve ter se produzido então. Por minha vez, inclino-me em sua direção:

— Vocês discutiram. Muito bem. Isso acontece com todo mundo. Tem gente que passa a vida brigando. Com os pais, as mães, os cônjuges ou os sogros. Mas em que se baseava a briga de vocês?

Olho para Anna, que, virando-se para o marido, encoraja-o a responder. Pergunto-lhes se posso tomar nota. Não veem inconveniente.

— No ódio — responde Werner. — Sim, discutimos, e nossa discussão girava em torno do ódio. Um ódio áspero, feroz, mantido pela morte, inteiramente orientado para a morte: como vencê-la? Pois, se os homens querem continuar vivendo em um mundo ao qual continuam condenados, precisam vencê-la... Esse era o ponto aonde eu tinha chegado naquele dia: eu queria odiar, odiar o ódio para triunfar sobre ele, era o que eu devia fazer, mas tudo em mim se recusava a sucumbir a seu apelo.

Ele se pôs a contar a história que deveria ter evocado no tribunal. Não para provar sua inocência, mas para dar à verdade uma oportunidade de ser vitoriosa.

E acabei entendendo.

Werner se ausentou por um momento para ir à toalete. Anna baixou a voz e me disse:

— Para entender melhor o que vai ouvir, é importante que saiba que, pouco antes do julgamento, ele perdeu o pai.

— De doença?

— De câncer. De tristeza. De tudo.

Ela se interrompeu no momento em que seu marido vinha juntar-se a nós.

Eis, portanto, o que tinha acontecido nas altas e sombrias montanhas dos Adirondacks.

Nelas, os dois homens se encontraram não para tirar férias, mas para falar de coração aberto. Do passado. Das "coisas" de antigamente. Dos protagonistas de uma história que, até o fim dos tempos, envergonhará toda a humanidade. Houve em seu confronto alguma coisa de irreal, de atemporal. Cara a cara, ambos representavam duas faces da pior das espécies, aquela que chamamos de humana.

Sim, Hans tinha pertencido ao partido nazista. Pior: tinha sido oficial na SS. Pior ainda: tinha feito parte dos *Einsatzgruppen*, os comandos especiais encarregados de aniquilar até o último judeu da Europa ocupada. Se mudou de nome, foi porque figurava na lista dos indivíduos procurados por crimes contra a humanidade.

— Não me pergunte como aconteceu nem por quê — disse ele a Werner. — Eu sei, e você nunca vai saber, quero dizer: você nunca vai entender. A Alemanha derrotada, de joelhos, miserável. E eu também. Jovem, mas sem viço, ridicularizado, pobre e faminto. Humilhado, infeliz.

Com desgosto, Hans evoca a Primeira Guerra Mundial, "perdida por causa dos judeus e dos seus aliados comunistas". O inimigo interno. A famosa punhalada nas costas. O desastroso Tratado de Versalhes. O menor dos novos Estados tornava-se mais importante, mais rico, mais respeitado do que a Alemanha. A República de Weimar: Hans a chamou de motivo de riso das nações, covarde, perniciosa e aberta a todas as perversões, a todas as concessões, e correndo para a falência. Era preciso encher uma mala de cédulas bancárias para comprar um par de sapatos, um simples pedaço de pão. Vendiam-se imóveis inteiros a estrangeiros para se poder viver o dia a dia. Nas famílias respeitáveis, o pai evitava o olhar dos filhos. Todos sentiam que seu país tornara-se a borra do mundo civilizado.

Então, Hitler entrou em cena. Só ele conseguiu pronunciar as palavras que o povo queria ouvir. Hans se inflama: "Ao designar os culpados — os judeus, os comunistas, os democratas, os franco-maçons, em outros termos: os outros —, ele nos libertava da nossa culpa, da nossa fraqueza, da nossa derrota, da nossa vergonha." Slogans pomposos? Com certeza. Gritos histéricos? Sim. Absolutamente. Ameaças? Também. Palavras patéticas, apelos grandiosos à honra nacional, ao patriotismo inabalável? Sim, mil vezes sim. "Fazer tremer em vez de tremer": o jovem pobre que era

Hans precisava acreditar nessa palavra de ordem para acreditar no futuro. Assim, o Terceiro Reich tornou-se uma religião, e Adolf Hitler, seu profeta, para não dizer seu deus.

— Você consegue se colocar no meu lugar naquela época? — perguntou Hans. — Para nós, tratava-se de reaprender a caminhar ereto, de cabeça erguida, cantar a glória da morte da qual éramos aliados orgulhosos e fiéis.

— Como você quer que eu responda? — disse Werner. — Durante meus estudos, aprendi uma indagação da qual nunca vou me separar. "Por quê?" Se eu estivesse no seu lugar, espero e acho que, em cada etapa, eu teria perguntado, eu teria me perguntado: por quê? Por que as ameaças? Por que a repressão? Por que as prisões? Por que os campos? Por que os massacres? Mas eu não estava no seu lugar.

— Não, não estava no meu lugar.

O tempo era agradável entre as árvores na montanha. Um vento brando e leve as acariciava. Sol dourado brincando com a terra dócil. Ao longe, no vale, reconheciam-se as casas de um povoado, com suas telhas cinza ou vermelhas. Ambiente campestre pacífico e benéfico demais para os golpes e os ferimentos que os dois homens se infligiam.

— Imagino que você só esteja no começo — disse Werner. — Vai querer continuar?

— O orgulho de vestir pela primeira vez o uniforme preto de Heinrich Himmler. De ser aceito e temido. De cumprir missões especiais para o Führer, tão admirado e amado: engrenagem ou escalada, as ordens e as ações progrediam na audácia, na brutalidade e na crueldade. A Noite das Facas Longas. Os livros lançados às chamas. A Noite de Cristal: ah, as lojas judaicas pilhadas, as sinagogas incendiadas, os velhos vienenses obrigados a limpar a calçada com escovas de dentes, os outros fugindo como animais apavorados, a beleza desses espetáculos fazia inchar os jovens peitos dos fiéis.

— E a ideia de que suas vítimas não tinham feito mal a ninguém, de que eram inocentes, não o incomodava? — perguntou Werner.

— Eram judeus; portanto, culpados.

— Culpados do quê?

— De serem judeus.

— E daí?

— E daí que era preciso castigá-los, eliminá-los, sem dó nem piedade.

— E a ideia de que eram seres humanos, como você, como eu, não passou pela sua cabeça?

— Não como você e eu. Eram judeus, não humanos. Aliás — acrescentou Hans —, era preciso vê-los, aterrorizados e covardes, quando os expulsávamos das suas casas ou nos campos, em

Dachau e, mais tarde, em Auschwitz, desprovidos de vida, emaciados, cadáveres ambulantes. Não apenas os judeus, mas também seus cúmplices, seus aliados políticos, seus sócios nos negócios ou seus cúmplices em Deus, seus simpatizantes, os pobres humanistas de todos os gêneros. Até então, possuíam fortunas, posições invejáveis, títulos, cargos importantes: as pessoas tiravam o chapéu para eles, quase se ajoelhavam para cumprimentá-los. Em nossas mãos, puseram-se a rastejar como animais, para colher um pedaço de pão embolorado ou uma ponta de cigarro. Já não havia o menor vestígio de dignidade, nem de orgulho, nem mesmo de cólera. Não pertenciam à mesma espécie que eu.

— E se eu lhe dissesse que, mesmo naquela época, mesmo lá, aqueles que você espancou, aquelas que você humilhou permaneceram mais humanos do que você? Lastimáveis, aqueles homens e aquelas mulheres salvaguardaram sua humanidade chorando, enquanto você perdeu até o menor vestígio da sua? Consegue entender isso?

— É você que não está entendendo. Você não estava no meu lugar.

— Eu nunca teria aceitado estar.

— Tem certeza?

Hans deu uma espécie de riso breve, no qual Werner não desvelou nenhuma amargura. Depois, o velho homem perguntou:

— Entre possuir o chicote e sofrer os golpes, teria escolhido os golpes?

— Espero que sim.

— Nesse caso, esta conversa me parece inútil. Você nunca vai entender.

— Entender implica uma igualdade de níveis. Eu a recuso.

Olharam-se com dureza. Com a mesma violência? Seria uma o exato reflexo da outra? Como medir o alcance dos olhares? Anna estava ficando cada vez mais pálida. Os ecos desse duelo entre o avô e seu neto deixavam-na agoniada. De silenciosa, ela passava a ficar muda.

— Vá até o fim do que queria me dizer — retomou Werner.

— O que mais quer saber?

— Você falou de Dachau. E de Auschwitz.

— Estive nesses lugares. Primeiro em Dachau. Comparado ao que veio depois, não era muito terrível. Eu obedecia às ordens. Humilhar os detentos. Diminuir sua resistência, tirar-lhes toda espécie de vontade. Matar sua esperança. Era o objetivo principal. Levaram-nos para lá, para reforçar e glorificar o ideal nazista. No respeito da Lei alemã e daqueles que a administravam. Os prisioneiros deviam compreender essa verdade intangível e essa realidade imutável: eram ferramentas em nossas mãos; quando se tornavam inúteis, nós os jogávamos fora.

— Mas você também foi uma ferramenta; uma ferramenta maleável nas mãos dos seus superiores. Os excessos destes, seu gosto pelo sangue, sua cegueira embrutecedora não o incomodavam?

— Não é a mesma coisa.

— Em que não é?

— Não sei. Suponhamos que, na época, eu não pensasse nisso. Na verdade, eu não pensava em nada. Meus chefes pensavam por mim. Meu dever era obedecer. Servir a uma causa que eu tinha como sagrada. Eterna. Ela justificava todas as nossas ações. Mesmo aquelas que você chama de nossos crimes monstruosos.

— Isso mesmo, é assim que as chamo.

— Você acha que eu, seu avô, era e ainda sou um monstro?

— Um monstro humano, ou inumano, pouco importa. E o fato de eu ser seu neto me é insuportável e me indigna; alguma coisa em mim se recusa a admiti-lo.

Repentinamente ferido, a expressão de Hans fez-se fria, glacial:

— Então é isso. Você me rejeita. No entanto, ainda não entendeu nada.

— Estou pronto.

— Então me ouça bem — disse Hans. — Kamenetz-Podolsk e os judeus húngaros. Kiev e os judeus ucranianos. Vilna e os judeus lituanos. Arames farpados a perder de vista. Imensas fossas comuns. Eu vi. Cabeças destroçadas. Bebês espancados, vilipendiados, pisoteados, utilizados como alvos. Eu vi. As sessões de despimento. A hebetude das mulheres empurradas para dentro das câmaras de gás. Velhos mudos, com semblante de pedra estilhaçada. Eu vi. O que eu sentia? Nada. Não sentia nada. Eu era o fuzil que eu mesmo carregava.

Ele se tornou irônico, cruel:

— Você, meu neto querido, teria enlouquecido. De raiva? De dor, provavelmente. Já eu não sentia nada. Eu era a Morte. E você é o neto da Morte.

Interrompeu-se, e seu olhar frio penetrou o de Werner, buscando feri-lo:

— O que você acaba de ouvir é só o começo. Não tem nada a dizer a respeito a seu avô?

— Só mais uma pergunta: nunca sentiu remorso?

— Nunca.

— Arrependimento?

— Sim. Ainda hoje me arrependo de ter perdido a guerra. Poderíamos, deveríamos tê-la ganhado. Mas a História nunca para. A vitória final, nós é que a teremos.

— Você matou. Você assassinou. Você massacrou. E sua única esperança é de que um dia esse horror possa se renovar. E eu sou seu neto. Você transformou o mundo em um gigantesco espetáculo de fealdade, de tristeza, de desolação, de cinzas, e agora me diz que isso não lhe ensinou nada. Que o futuro se parecerá com o passado. E eu ainda sou seu neto.

— Quer que eu me cale?
— Não. Continue.
— Diga: "Continue, vovô."
— Não.
— Como não?
— Já está na hora de alguém ter coragem de lhe dizer não.
— Você não é o primeiro. Seu pai já me disse. Pouco antes de morrer.
— Tenho orgulho de ser filho dele.

Hans franziu as sobrancelhas:
— Apesar do que eu lhe disse, você não me reconhece nenhuma circunstância atenuante?
— Nenhuma. Ainda que você sentisse remorso, eu seria contra você.
— Nesse caso, foi você quem pediu. Continuo?
— Continue.
— Treblinka e suas colunas de fumaça. Birkenau e seus fornos. As câmaras de gás. O assobio dos trens noturnos que chegavam diretamente à "rampa dos judeus". Promovido a oficial, eu vigiava as seleções, a intoxicação por gás, a eliminação pelo

fogo. Dia após dia, noite após noite, uma hora após a outra, insensível às lágrimas, às lamentações, ao desespero das vítimas, a Morte seviciava com eficácia, talento e dedicação. Era simples e implacável: àquele lugar maldito, os condenados tinham ido para morrer, e eu, para matar. Em nenhum momento fui tomado pelo remorso ou pela piedade. Vi tudo, retive tudo. Eu pensava que era necessário. Que era justo.

Imóvel, horrorizado, Werner soltou um grito de cólera:

— E você quer que eu tenha orgulho de estar ligado a você?

— Querendo ou não, você está. Pelo sangue.

— Pois bem, o sangue pode mentir. No nosso caso, ele mente. Você e eu não pertencemos à mesma família humana.

— Mais uma vez, querendo você ou não, estamos ligados; somos parentes.

— Então vou carregar esse parentesco como um fardo. Pior: como uma maldição.

Hans voltou a rir com escárnio:

— Você se parece com seu pai.

— O que ele tem a ver com isso?

— Não é o vínculo entre nós?

— Dele tenho orgulho. Já você me dá nojo.

Uma onda de ódio invadiu Werner; ele a deixou triunfar, mas sem que seu olhar se afastasse do de Hans:

— Será que algum dia você vai entender o que você fez a mim e à minha geração? Hitler e você não paravam de clamar que era pelo futuro das crianças alemãs que estavam lutando contra o resto do mundo; que era por nós que estavam destruindo cidades inteiras; por nós que vocês aniquilaram, nos séculos que estavam por vir, nosso direito ao orgulho, à honra e à esperança. Antes de suicidar-se, Hitler exprimiu, em seu testamento, o desejo de castigar o povo alemão, transformando a Alemanha em uma montanha de escombros. Mas vocês fizeram bem pior: vingaram-se sobre nós, seus descendentes. Por causa de você, de vocês, nós, que nascemos muito tempo depois das suas atrocidades, nos sentimos culpados. Por causa de você, minha alegria nunca poderá ser inteira. Por causa de você, a criança que vejo nos braços da sua mãe me faz pensar nas crianças que você enviou para a morte. Por causa de você, a felicidade pura e poderosa, à qual todos os homens deveriam ter acesso, me é proibida. Uma sentença judaica diz que a vida é uma roda que não para de girar. Olhe, então, para a sua: o que você fez aos judeus é o que está vivendo agora. Você quis isolá-los, e é você quem está isolado; você os perseguiu, e é você quem está sendo perseguido; não lhes deu nenhuma oportunidade de viver sem angústia, e a angústia nunca mais vai deixá-lo... E você conhecerá o destino do seu Mestre. Para os judeus da Europa ocupada, esse continente se reduziu ao espaço de um país; esse país se tornou uma cidade;

essa cidade, uma rua; essa rua, uma casa; essa casa, um quarto; esse quarto, um porão; esse porão, um vagão; esse vagão, um abrigo cimentado e fechado para garantir a eficácia do gás. E a vida deles se acabou nas chamas. Não foi isso que também aconteceu ao seu Führer? Seu gigantesco império nazista começou a encolher: o continente se reduziu a país; o país, a cidade; a cidade, a rua; a rua, a bunker — e ele também, o Führer, foi consumido pelas chamas.

O semblante de Hans ficou cinzento. Mas Werner encadeou:

— Quer que eu lhe diga outra coisa? Meu pai morreu de câncer, mas foi você quem o matou. Ele não podia suportar o ódio que você tem de tudo que é nobre no mundo. Certamente, ele sabia tudo sobre você. Sabia que você era um fugitivo. Que você merecia o desprezo da sociedade, a prisão, senão coisa pior. Seu filho se arrependia de ter nascido, de ser o fruto da sua semente; o câncer que o minava era o que ele tinha nele de você, sua lembrança, seu sangue como seu passado. E você ousa imaginar agora que eu lhe concederia meu perdão? Mas então é porque você é louco.

Igualmente imóvel, Hans pareceu subitamente assustado, e Werner se perguntou por quem ou pelo quê: estaria ele com medo da verdade ou simplesmente de se ver perseguido e sozinho em um mundo, em uma humanidade que o repudiava?

— No entanto — disse com voz rouca —, amei seu pai. Eu tinha outros filhos, mas ele foi meu preferido. Meu eleito para a sucessão. Ele representava tudo para mim. Foi pensando em sua carreira, em seu poder futuro, em seu destino de conquistador que tomei o caminho que você abomina; foi para iluminar essa nova era com um orgulho sem precedentes na história da raça humana que vesti o uniforme preto. Sim, foi por ele que fiz questão de seguir Adolf Hitler; para sustentar seus projetos extraordinários de conquista e de glória. Eu queria que a existência de vocês fosse pura e forte como um diamante negro. Seu pai não quis acreditar em mim, e agora, que é a sua vez, como ele você se recusa a compreender.

Werner não pôde conter sua indignação:

— Então, foi por mim e pelo meu pai que você massacrou crianças judias com seus pais na Ucrânia e na Polônia, por nós você torturou e atormentou milhares e milhares de mártires! Você me repugna! E foi o nojo de você que nutriu o mal que acabou levando meu pai! Eu o culpo pela morte dele!

Então, o velho homem perdeu toda firmeza. Seu corpo começou a tremer, seu rosto empalideceu, e seu neto se perguntou se era sua dignidade dissimulada ou a raiva que o marcava daquele jeito.

— Você era a minha última oportunidade, talvez o meu último orgulho — murmurou Hans.

— Você se enganou — respondeu Werner. — Eu o repudio. Eu o renego. À minha maneira, eu o deserdo. Eu o extirpo da minha vida, eu o apago da minha memória.

O velho se curvou sobre si mesmo; seu semblante ensombrou-se.

— Então, terei lutado por nada?

— Você lutou pelo ódio, pelo mal e pela morte.

— É tudo o que você tem a dizer ao patriota alemão que sempre fui? E que sempre serei?

— Sim. É tudo. Peço a Deus que o afaste do meu caminho para sempre.

— Sendo assim, não vivi por ninguém — balbuciou Hans. — E por nada.

No horizonte, o sol ainda não se pôs. Um vento mais vigoroso balançou as árvores. Hans se levantou e virou as costas para seu promotor e juiz. Werner o deixou com um passo pesado, sem oferecer-lhe nem um só olhar de adeus.

Sua morte não foi um assassinato, mas um suicídio, disse-me Werner. A autópsia revelou que ele tinha bebido muito. Queda involuntária? É possível. Talvez eu tenha alguma responsabilidade em sua decisão, consciente ou inconsciente. Talvez não.

Então: culpado ou não culpado?

O que Werner Sonderberg esperava de mim? Que eu o reconfortasse, que lhe fornecesse argumentos para que ele perdoasse a si mesmo? Mas de que delito, de que falha, de que erro? Sua consciência ferida não era prova da sua inocência? E por que me escolhera como confidente ou confessor? Para que eu lhe dissesse que, se outrora tivesse cruzado com seu avô, eu não teria sobrevivido? Que ele teria me espancado ou mandado para a câmara de gás sem pestanejar, quando eu tinha um mês ou um ano de idade, e isso para enriquecer a existência hipotética das futuras gerações alemãs?

De repente, a imagem do meu próprio "avô", o descendente do Rabi Petahia, surgiu diante dos meus olhos. Tão generoso, tão humano. Ele sabia como tratar seu próprio sofrimento e seu luto; mas o que dizer e o que fazer daquele dos outros? Que conselho teria cochichado no meu ouvido? Manifestar empatia para com o neto do assassino, igualmente vítima da maldição nazista? Tenho minhas dúvidas.

Dirigi um sorriso encabulado a Anna e olhei para seu marido com uma espécie de melancolia, compreendendo que, em certo sentido, tive mais sorte do que ele. Eu podia pensar nos meus sem sentir vergonha. Enquanto ele devia continuar a lutar para se desligar do seu passado a fim de encontrar um pouco de paz, ou, pelo menos, de felicidade, na existência. Não seria meu dever ajudá-lo em vez de mantê-lo afastado? Um velho texto hindu veio-me de repente à cabeça: pode acontecer que a terra, ao desabar sob o fardo das paixões e do medo dos seus habitantes, ponha-se a pedir perdão aos deuses por toda a humanidade.

Tomado por uma emoção estranha, fiz uma coisa que nunca tinha feito: comecei a falar-lhes do meu avô.

Mas já não sei mais de qual.

De volta à minha casa, encontrei Alika chorando:

— O doutor Feldman ligou; ele quer vê-lo amanhã.

Senti, então, uma surda angústia invadir-me: o exame médico da semana passada. Não tinha mais pensado nele.

Amanhã é ontem em Israel. Prevenir meus dois filhos?

O doutor está, ao mesmo tempo, otimista e preocupado. As notícias não são desastrosas, mas também não são boas.

Tenho um inimigo em meu corpo. É preciso travar guerra com ele. Ah, já estou acostumado.

Sem saber, dizia-se Yedidyah, fui órfão durante muito tempo. Na verdade, sempre fui. E, agora que sei disso, como continuar a viver a mesma vida de antes? Como revelar a meus filhos que, há algum tempo, seu pai os ama cada vez mais? Que sua mãe torna-se cada vez mais próxima dele? Que, sim, esses avós que eles amaram tanto eram, na verdade, estranhos, mas que também devem amá-los? O que me resta fazer e começar neste mundo frio e cínico, a cuja superfície tão poucas coisas me prendem, tão poucos parentes, pois eles próprios estão ligados a um ser que não sou eu? Um vislumbre iluminou-se em sua mente: e se eu cedesse aos impulsos niilistas que todo homem abriga em seu coração? Ou, ao contrário, se eu dedicasse os anos que me restam a ajudar aqueles que se sentem obrigados a perseguir lembranças enterradas, procurar vínculos vivos, ramos de um mesmo carvalho? Correr até perder o fôlego, arrancar as máscaras, mas consolar as almas enlutadas, seduzir o sedutor, rir com os velhos e chorar com as crianças, roubar o ladrão, buscar a serenidade em um lugar e o fervor em outro? Estar presente para um prisioneiro do destino que sonha com a liberdade e a solidariedade não seria um móbil suficiente para dizer sim à humanidade?

Yedidyah se lembra: por razões às vezes obscuras, às vezes luminosas, muitas vezes tinha vontade de estar em outro lugar, de fugir. Ir para algum canto para logo voltar atrás, rumo a um passado desconhecido e ao imaginário inapreensível em que alguém saberia dizer-lhe o que é a vida: uma evasão? Uma impostura? Um erro?

Não, ele não ia a parte alguma, pelo menos não ainda. Cada coisa em seu tempo. Não podia abandonar seu lar, sua esposa, Alika, a mãe dos seus filhos, seus "pais", seu "irmão", seu "tio", as lembranças do seu "avô"... Mas como viver entre aspas?

Sentado sob uma árvore, à qual, na juventude, ele se dirigia muitas vezes para pensar em suas ambições teatrais mais ou menos quiméricas, sob um céu encoberto, chuvoso, abriu o Diário que na época carregava com assiduidade e leu:

Estranho. Ao viver o cotidiano, vejo-me no palco; e, no palco, volto a mergulhar no cotidiano. Onde estou, afinal?

E agora, sentado à mesa na cozinha enquanto Alika dorme ou finge dormir, ainda vira as páginas, e para ao acaso:

Alika e eu. Meir e eu. Antígona e Creonte? Não. Antígona e eu. Godot e eu. Ulisses e eu. Fazemos parte da mesma espécie. Quando muito, de um homem para outro, o destino permanece o mesmo. Falo com eles, eles me respondem. Falo por eles, como se fosse o outro neles. É normal tudo isso? Teatro. No tablado, pertencemos todos à mesma família.

Procura uma página em branco e escreve:

De repente, já não entendo nada. Por que a vida, por que a morte? Seria esta a única verdade, e aquela, uma impostura?

Já não entendo os homens nem seu Criador: partilham o mesmo objetivo? Um projeto durável? Ao menos um início de sentido? Meu avô acreditava em Deus, acreditava que o vínculo entre o Criador e sua criatura é fruto de uma atitude e de uma vontade comuns, uma parte integrante da obra que iniciaram juntos. Mas que vínculo é esse, afinal? Estaria o homem condenado a avançar rumo à morte porque é a vítima ou o órfão de Deus ou porque é sócio dele?

Não entendo a marcha do destino. Já não entendo a esperança dos vivos nem a linguagem dos mortos.

Não sei por que o bom Deus achou bom ou útil criar essa espécie humana tão complicada, imprevisível, complexada e contraditória.

Não entendo o que estou fazendo entre os homens, que são todos órfãos ou o serão um dia, nem por que ou como pertenço à sua comunidade

Já não sei de nada, pois nada sou. Teria razão o Eclesiastes? Um cão vivo seria melhor do que um leão morto? Seria, portanto, preferível e mais sensato ir para uma casa enlutada do que para uma taberna? Estaria Jó errado ao se reconciliar com seu Deus, quando este o colocara, sem lhe dizer, nas mãos de Satanás simplesmente para ganhar uma aposta? Vaidade das vaidades? Tudo é vaidade? Mas, então, que diabos fazemos de nossos rumores, de nossos desejos?

Por que estou aqui e não em outro lugar?

Por que sou eu, quando poderia não o ser ou ser outro?

Os anos correm e deixam momentos como cicatrizes. Angústia e esperança perseveram em sua luta incansável.

Yedidyah está inquieto, perturbado. Compreendeu que seu futuro podia ter uma medida para ele. Já não é jovem, sua memória é febril, seu corpo resiste mal ao peso dos anos. O que o médico dirá amanhã? De quanto tempo ainda dispõe? Como saber? Dá para saber? O balanço? Ainda não. Isso também vale para Anna e Werner. Não se vive no passado, mas o passado vive em nós. Cedo ou tarde, o homem reencontra os que o precederam. Seus dois filhos viverão sua vida na Terra Santa: lá também, um dia judeus e muçulmanos aprenderão a construir a paz. E Alika? Sua paixão pelo palco não se apagará. Ela continuará no caminho que traçou para si mesma. Terá de escolher seus papéis, suas amizades. Esquecerá.

A vida de um homem é um drama ou uma farsa sem verdadeiro começo nem fim? O pecado ou o erro do Criador? A lembrança de uma lembrança, o sonho de um delírio? Os Sábios a comparam a uma poeira, a uma folha trêmula ao vento, a um mundo em ruínas. Bom, aceito a lição, como uma advertência. Mas será que cometi erros? Falhas? Quem me levou a eles? Para provar o quê? Um destino fracassado não continua sendo um destino? De todo modo, ele acabará se cumprindo. Deus é paciente, diz o Alcorão. Deus é silêncio, diz um místico judeu medieval. Deus é. Está na expectativa.

Daqui até lá, trata-se de viver a verdade de cada instante. De esperar para que outros esperem por sua vez. As horas se acrescentarão às horas; as noites, às noites; as máscaras, aos semblantes. O sol não se apagará, e os cegos caminharão, apesar de tudo, em sua escuridão. Deus e Satanás continuarão a lutar pela alma dos homens. E Yedidyah alinhará palavras. O Anjo de inúmeros olhos estará esperando nos bastidores. A alma tem sua própria cronologia: podemos escolher nossos antecedentes? Nossas raízes? O "pai" torna-se pai, e a "mãe", mamãe. Só Deus não muda. O ser humano que vive no tempo conhece apenas um caminho: viver no presente consumindo todos os seus recursos, todas as suas forças. Fazer de cada dia uma fonte de graça, de cada hora uma realização, de cada piscar um convite à amizade. De cada sorriso uma promessa. Enquanto o pano não cair, tudo permanece possível. Em algum lugar na Terra, cada um atua em sua própria peça; ela faz chorar ou rir às gargalhadas um desconhecido aqui e outro acolá. O vínculo entre eles é a recompensa do poeta. A vida, um corredor entre dois abismos? É o que sugere um Sábio. Mas então, para que se obstinar? De uma maneira ou de outra, a eternidade está contida no instante que se esvai.

Isso Yedidyah tem do avô.

Ele já não vive. Meus pais tampouco. Lembrarei do funeral do meu avô até o meu. Ele me fizera ler seu testamento: contrariamente ao costume americano, evitar os discursos fúnebres; reduzi-los ao mínimo estrito. E, sobretudo, que não se procure servir-se da circunstância para "celebrar sua vida", como se costuma dizer por aqui, contando histórias engraçadas. Para um morto, isso não tem graça. Digno, sóbrio e triste, assim foi seu funeral. Ao deixar o cemitério de braço dado com

Alika, senti que uma parte de mim mesmo tinha sido arrancada.

Uma das suas sentenças, recolhida alguns dias antes da sua morte, adquiriu novo sentido para mim:

"Não há dúvida, filho, de que a vida é um começo; mas tudo na vida é recomeço. Enquanto você vive, é imortal por estar aberto à vida dos vivos. Uma presença calorosa, um apelo à ação, à esperança, ao sorriso, mesmo diante da infelicidade, uma razão para acreditar, para acreditar apesar dos fracassos e das traições, acreditar na humanidade do outro, isso se chama amizade."

Eis o segredo daquilo que, de maneira tão pobre, chamamos de vida ou de destino do homem.

Mas ele sabe que, a julgar pelos Sábios, quando um Justo morre, Deus chora e faz chorar os céus. E gritos deles se reverberam na imensidão do oceano. Então, é dado a seus filhos colher as lágrimas das estrelas para encher o coração do órfão, aberto, apesar de tudo e para sempre, a uma impossível alegria, sempre em busca de uma reunião, enfim, com seus verdadeiros pais desaparecidos, que não eram personagens de teatro.

Este livro deve muito a Bruno Flamand,
seu primeiro leitor.